スーパーマーケットでは人生を考えさせられる

銀色夏生

幻冬舎文庫

スーパーマーケットでは人生を考えさせられる

まえがき

私はほぼ毎日、1日に1回、近くのスーパーマーケットに行って、その日の夕食の材料を買う。

そのスーパーマーケットというのは、JRの最寄り駅から10分ぐらいの距離にある小さなデパートの地下にある。かつては人も多かったそうだが、できてから20年以上たち、今ではデパート全体のお客さんも減っている。その小ぶりのデパートの、地下の食品売り場にあるスーパーマーケットが私の行きつけだ。地下2階、売り場面積のおよそ3分の1がスーパー、3分の2が食品の小売店舗になっている。日用品も最小限あり、日常で使うだいたいのものは手に入る。家から5分以内で行けて、とても便利。

毎日買い物をしていると、その時、目にした光景によってよく、しみじみとした深い思いにとらわれる。なにか、そこにいる客の発するひとことや、連れられている赤ん坊、入り口で待たされている犬の姿態、レジ係の方の受け答えなどを見聞きして、いきなりさいはての荒野とか音のない深海に沈みこんでしまったような気持ちにさせられることがある。

スーパーマーケットでは人生を考えさせられる。
人間とは。男とは。女とは。夫とは。妻とは。老人とは。赤ん坊とは。犬とは。
働くとは。人の親切とは。
生きるとは……。

これは、そんな、ありふれたようでいて、日々、私には興味が尽きないスーパーマーケットでの観察記です。

第1部 今日もスーパーへぼんやりと

時々、犬が外につながれている。外といっても地下2階にあるデパ地下の出入り口という人工的な場所。

そこに、犬が時々つながれている。

このあいだは、コーギーがお腹をぺたんとタイルの床につけて寝そべっていた。とてもリラックスしている様子。階段から下りながらその姿を認めた私は、いた！　と思い、じっと見ようと近づいたが、犬はすぐに立ち上がって普通の立ち姿に返ってしまった。残念。振り返って見たけど、もうあんなふうに寝ころばなかったので諦めた。

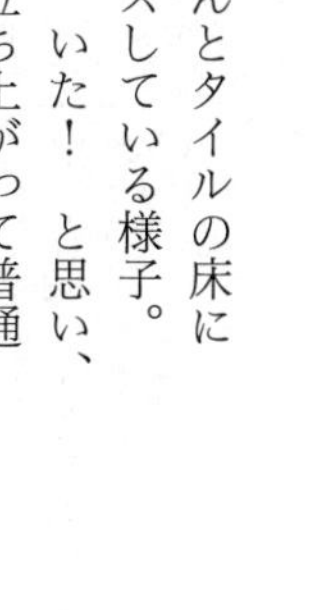

あんなふうにかわいらしい犬をつないでおけるとはなんて安全なところなんだろうと思う。前に、もっと小さな犬が、おすわりマットとなんだかかわいらしい犬用のもろもろをぎゅっと詰め込んであるらしき小さなバッグと共にそこにつながれているのを見た時、「これほどまでにここは家か、飼い主よ。信じるのか世間を」と思ったが、だれもその犬にいたずらす

るでもなく、突っつくでもなく、つまみまくるでもなく、連れ去るでもなく、礼儀正しく放っといている様子に、日本の「日本国民大家族」感を強く抱いた。

私はよく、日本って大きなひとつの家族・親類みたいだって思う。悪人も「うちのちょっと悪い2番目の兄」とか「評判の悪い親せきのおじさん」って感じで。


今日。私はまた行った。行くしかないから。

で、夜はひさしぶりに牛肉でも焼こうと思った。

それは午前中からずっと考えていたこと。というのも、好きな「梨入り焼き肉のたれ」があって、それを使うのは牛肉を焼いた時しかないので。


牛肉を買って、売り場をぐるりと一周する。

魚売り場に時々いる商売上手なおばあさんがいた。声がダミ声で、その声で威勢よく「今日はブリ、いいのが入ってるよ！」と聞くと、いかにもよさそうに思える。私もそれで買う気もなかった冷凍ホタテを先日買ってしまった。いつのまにかさっと試食のホタテの焼いたのを口に入れられ、ふと気がついたらカートにひとつ入れていた。

あの声がいけない。説得力がある。「商売上手だから」とどこかのおばちゃんも商品をカゴに入れながら言っていた。

とろとろと歩きながら今日買わなくていいものまでふたつみっつカートに入れる。

レジの近くでチーズの出張販売をやっていた。

ふらりと寄ってみる。試食をして気に入ったふうの女性が「〇〇はないんですか？」なんていきいきとした様子で聞いている。「ないんですよ。詳しいですね」「だって好きだもん」と、販売員とのあいだに熱のこもった雰囲気ができつつある。

私は「桜のナチュラルチーズ」というのに興味を持って手に取ってじっと見ていた。説明のひとつも欲しいと思ったけど、その女性とずっとしゃべっていてこっちに対応してくれない。そういう余裕がなさそうだった。桜の葉と花の塩漬けが表面にくっついているチーズだった。迷いながらその売店のまわりを一周して、また戻り、その桜のチーズをふらふらとカゴに入れた。

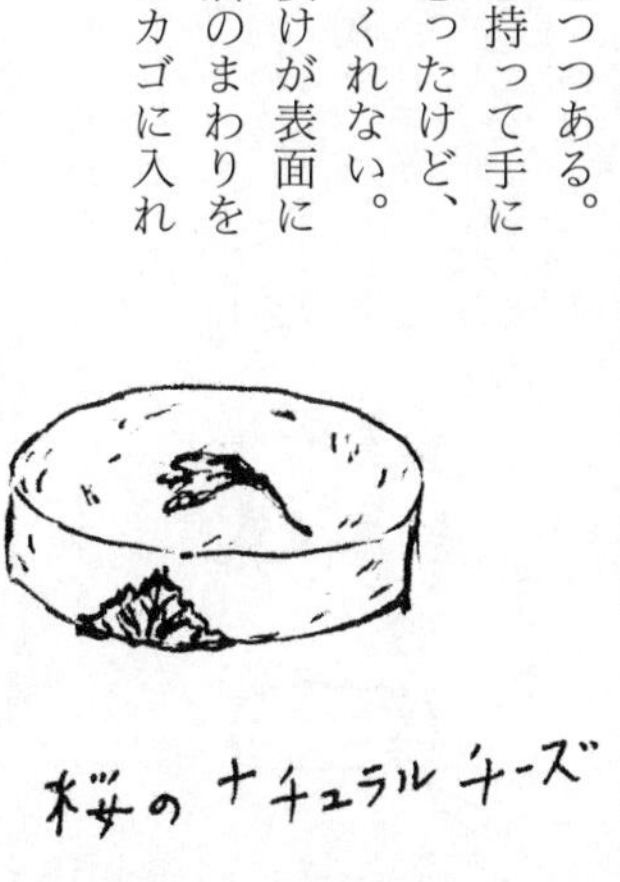

会計する。そこで思い出した。お金を補充してない。サイフを見たら、7000円と小銭

しかない。うーん。足りるだろうか。

私の金銭感覚はとてもおおざっぱ。まず銀行預金にだいたい数ヶ月暮らしていけるぐらいの部屋代などあるかをぼんやり確認して、ありそうだったら安心してそのまま。

毎日の生活費は銀行からまとめておろしてきて、それをきんちゃく袋に入れて引き出しにしまい、そこから時々数万円ずつサイフに移動する。きんちゃく袋がぺたんこになってお金がなくなりかけたら銀行に行って引き出してまた入れる。月々いくら遣っているか数えない。毎年確定申告の時期に、初めて去年の収入を知る。

……という感じで、あまりはっきりとお金の減り具合を認識しないようにして暮らしている。

しばらく補充してなかったなあと思う。

計算ができた。7236円だった。足りない。

しょうがないのでカードで支払う。

エレベーターに乗ろうとしたら、よろよろと微妙にゆれているおばあさんが入って来た。気づかってボタンを押す。降りる階に着いて、おばあさんに「どうぞ」と言ったら、私に先に降りてと促している。遠慮するのもかえっていけないと思い、急いで先に降りる。

ありがとうございます。

家に帰ってサイフを見ると、７２１４円あった。あと22円あれば払えたのに。残念。あの桜のチーズは８４７円だったから、あれを買わなければよかった……。

そのチーズをさっそく食べてみた。あんまり好きな味じゃなかった。ますます悔やむ。

今日もいろいろなことを思った買い物だった。

疲れた。家に帰るといつもホッとする。

スーパーの向かい側にある小さなお花屋さんに、今日は紫陽花《あじさい》の鉢がたくさん、立体的に並んでいた。まるでひな祭りのように。水色、ピンク、青紫。

もう紫陽花の季節か……と思いながら見渡す。

紫陽花っていいな。

しみじみとした雨の日、静かな気持ち、というイメージ。

梅雨は嫌だけど、窓から雨を眺めるのは好き。あの沈黙と、葉の下の暗がり。

通り過ぎて、自然食屋さんに入る。今日は水炊きにしようと思う。小松菜、もやし、えのき茸《だけ》、豆腐。
鶏肉をカゴに入れようとしたら、店員さんが「今から割引シールを貼りますので」と言って貼ってくれた。２００円引き。うれしい。
この店、店員さんがよく変わる。支店がいくつかあるようなので定期的に人を入れ替えるのだろう。今日の人はあたたかみがあった。なぜかこの店の店員さんは今までぎこちない人が多かった。冷たく感じられた。客商売に慣れてないような感じ。人嫌いっぽかった。

でもまあそれでも私はよく利用している。


それからスーパーに入って、ポン酢とトマトとモッツァレラチーズを買う。

スーパーの中に市場みたいなのがあって、そこでは野菜が安く売っている。のぞいたらいちごが200円だったのでカゴに入れる。スーパーの方のいちごは500円ぐらいだからお買い得だ。

くるりと回って、マグロの切り落としがあったら買おうかなと思って見たけどなかったので、レジに行く。

すると、今日のレジの女性は初めての人で気さくな方だった（ここのレジの人はたいていクールなのだ）。いちごの値段を見て、「これ、こんな値段なんですね。羨ましいです」と言われる。なにか応えなきゃとあわてて、「……はい。安いですよね」と言う。

「ここのいちご、いい匂いですよね」とさらに言われ、そうなのかと思いながらうなずく。

今日は紫陽花が印象的だった。

次の日。

今日の花屋に紫陽花はひとつもなかった。いきなり。

そうか……。

日によって違うんだな……。メリハリ。

店頭のミニ花束をちらりと見る。あまりじっと見ているとお店の人に声をかけられるので、歩きながら横目で見る。このミニ花束は好き。安いので400円ぐらい。

ミニ花束

野菜を買う。

春キャベツ、玉ねぎ、小松菜、もやし、トマト。昨日も買ったものが3つも。今日の夜は私は外食なので、子どもにおかずを作ってから出かける予定。豚肉とキャベツの炒め物とスープ。トマトスライス。

そういえば、おととい、すぐそこのバーガーキングの前に犬がつながれていた。こましゃくれた、毛の短い、かわいらしいダークグレイ色のチワワだった。行ったり来たりしながらけたたましく吠えていた。道行く人を落ち着きなく見ながらワンワンワンワンと。ムカムカするほどの、その吠え声。小さな体でせいいっぱいの吠え声。不安と緊張と興奮ではちきれそう。

ワンワンワンワン！

あっちへ、こっちへ、行ったり来たりしながら。

ワンワンワンワン！

ほれ！

ワンワンワンワン！

ほれ！

ワンワンワンワン！

ほれ！

ワンワンワンワン！

ほれ！

私も思わず、心で合の手を入れる。

もっと見ていたかったけど、あまり見ると変人っぽいので通り過ぎながら見た。

今日は買うものはあまりなかったので、そうそうに帰る。

あのおじさん……。

試食担当の人って、性格的にそれなりの資質がないと難しいなと思う。商品を人にすすめるって難しいよね。ワインでも買おうかなとワインコーナーに足を踏み入れたら、今日はフェアをやっていた。

おお。

なにかいいものを買えるかもと胸が高鳴る。やっぱりワインって1本1本それぞれに味が違うから飲んでみないとわからない。おいしいと思うものを買って帰りたい。帰ろうっと。

入り口近くにワインの試飲場があった。

……でも人がいない。

ワインの瓶を並べ直しているこの方が担当か。

しばらく他の場所を回って時間をつぶす。しばらくしてその人が戻ってきたようなので試飲のところに行った。「おいしかったら買おう」という前向きな気持ちで向かったのに、そのおじさん、何も言ってくれない。チラリと試飲の瓶を見たのに。

そこですかさず「いかがですか？」と言ってくれないとこちらから催促もできない。なのに、おじさん、だんまり。

これは慣れてないんだなと思った。慣れてない人だったらもう無理。微妙に気まずい雰囲気になり、私は諦めて足を先に進めた。


奥ではチーズの試食もやっていた。その試食担当の女性は上手みたいで酒好きのおじさんたちが群がっていた。チーズを食べて、「2個買うから」って言って、白ワインのおかわりの催促までしていた。私もチーズを食べ、ワインも飲み、チーズをカゴに入れた。

これよ。この躍動感。あけっぴろげな雰囲気。

どちらかというと普段は嫌がられる「なれなれしさ」が試食員には必要。試食はお客に躊《ちゅう》躇《ちょ》させない出会いがしらの一瞬の押しが大事。あのおじさんのように恥ずかしそうに引きこもってたり躊躇してたらダメ。お客はもともと引っ込み思案なんだから。

そういう資質がないと試食担当は難しい。

レジで精算して、帰りにまたあのおじさんのそばを通ったけど、だれも人がいなかった。どういう人が担当するかで売り上げは大きく変わるんだろうな。

スーパーには子ども連れも多い。ベビーカーを押しながら……、だっこひもで抱きながら……。

ある日。

号泣している子どもがいた。1歳ぐらい。だっこひもで背中に負ぶわれている。見ると悪いと思い、ずっと見ないでいた。でも、あまりにも泣いているので、見てみた。

その子は負ぶわれながら号泣している。いったいどうして。

でもその理由はわからない。そのお母さんは、帰って行く道すがら、その子のおしりか太ももあたりを、人がいないのを見計らって後ろ手でバシンバシンと数回ぶっていた。

私は暗く目を伏せる。

わかる。わかるよ。その気持ち。

子どもが泣いて、なにをしても泣き止まない、その時の気持ち。世間体。ドッと汗が出て、心がキューッと小さく、無限大に小さくなる。包容力がなくなって、黒い点になって、どうしようもなくなって。この、自分の子どもが、かわいそう。でも腹立たしい。かわいそう。なんで泣くの？　どうしても泣き止まない。かわいそう。子どもが。かわいそう、私が。どうしようもないジレンマ。そのジレンマを石つぶてのように受けながら、子育ての道は明日も続く。がんばれ、がんばれ。

あさり。

あさりの酒蒸しもあさりのバターソテーも大好きだけど、時々じゃりっとしたものが入っているので敬遠している。でも今日、あさりのお味噌汁の試食をして、おいしかったので買ってしまった。

酒蒸しにしよう。

鮮魚売り場に行くと、ひと目で「変わってる！」と感じさせられる明るい服装の母と娘が

いた。妊娠中のその母親が小学生ぐらいの女の子を刺身コーナーの前で叱っている。

気になりつつも、左に曲がりエスカレーターの前のカゴを取りに行ったら、そこに松葉づえをついた鮮やかなブルーのパンツの男性がいた。こちらも目を引く異色ムードの持ち主。すると、その松葉づえの男性が、叱ってる母親のところに近づいて行った。

家族だったのだ。納得。

野菜売り場に行くと、赤ちゃんをかかえた男性が傷物安売りコーナーの枝豆をじっと見て、「豆があるよー。安くなった枝豆」と遠くのだれかに語りかけている。奥さんが離れたところにいるようだ。

でもその奥さんは「買っていいよ」と言ってくれなかった。

残念。ちょびっと悲しそうに諦めた男性。

人けのない一角で、清楚《せいそ》なワンピースを着た若い女性が品物を見ている。そばには「買ってー、買ってー」と号泣している3歳ぐらいの男の子。とても買ってほしいものがあったけどダメと言われているようだ。

まったく無視して、受けつけないお母さん。

「買って、買ってー」と泣き続ける男の子。

その叫びが私の胸に痛く届く。

他のお客さんにうるさいから、すぐ目の前のテラスにでも連れて行ってくれればいいのに。

清楚なお母さん、無視を決め込んでいる。

子どもが号泣したらちょっとでも外に連れ出してほしい。子どもはなかなか泣き止まないし、子どもの突き刺すような泣き声は聞いていて他人にはとても苦しい。悲しいことを思い出してしまう人もいるかもしれない。


買い物に行ったのが午後2時ごろ。

平日のその時間帯はゆっくり買い物ができるので、ベビーカー連れの人が多い。

今日も、目に留まった2匹、いや2赤ちゃんがいた。ひとりは、グリーンでコーディネートされたベビーカーと着衣。あたりを睥睨《へいげい》するような視線。その尊大な首の角度にほれぼれとする。

その次は、右足を高々と上げて手でつかもうとしている赤ん坊。

つかめ！
赤ん坊だからこそ、できるその体勢。
赤ん坊、赤ん坊、素晴らしき自由気まま。気持ちそのまま。
さっきのグリーンコーディネートの赤ん坊がまた目の前に！
角にベビーカーを置き去りにして、ママは急いで油コーナーへ！
残された尊大な首の角度の赤ん坊がママを求めて泣き出した！
うえーん、うえーん！
尊大なのに声は赤ちゃん。
あわてて駆けよるママ！
ブラボー！
赤ん坊！
わがまま天国。

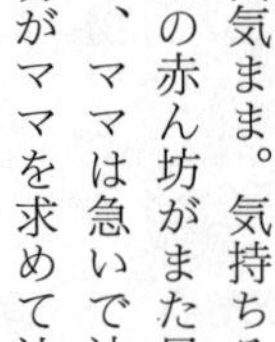

私は、満足してレジに向かう。そういえば、50円玉とか１００円玉と間違えて１円玉を出した時に感じるあのバツの悪い気持ちを今日は払しょくできた。１円の代わりに、間違って50円玉を出していたのだ。これで、私がちょろまかそうとしていたのではないということが

証明された（時は違えど）！

デパ地下の食品専門店というのは、売れないお店は長居できない宿命だとは思う。売れ行きの悪そうなショップはどんどん消えていく。ああ、またここ、新しいお店になってる……と思う。あるいは契約期間が来たからというものもあるかもしれない。

で、私の好きなスープ屋がある日なくなって残念な気持ちでいたのだが、そのあとに入ったお店がすべてぱっとせず、いつも見るたびにお客さんもいないし、あそこは魔の一角かと思い、いつまであるだろうと思いながら見ていた2～3店舗目のあるお店に私は興味を惹きつけられた。

そこは１００％植物性のアイスを売っている。私はアイスクリームはそれほど食べないが、そこのランチパックに目が留まった。サラダとスープと玄米。それプラス、スープ2種をテイクアウトしてみた。

家に帰って食べる。

入れ物は紙、スプーンは木、お箸もなんたらの竹で、トータルに自然派。よし、と思う。味は確かに薄味だったけど、素材重視ということが伝わってきて、それもよしと思う（あまりに薄味でそのままでは全部食べられなかったスープもひとつあったけど）。

で、次に行った時に、アイスを買ってみた。まずはそこにあった7種類。家で試食。上の方をナイフでスーッとそいで、パクリ。

おいしい。

パクリ。

砂糖は使ってなくて、甘みは有機栽培された竜舌蘭《りゅうぜつらん》のシロップとのこと。

うーん。他のも全部食べてみたい。店員さんもやさしげな雰囲気だった。

この店は、なくなってほしくないけど、難しいかもしれないなあ。

でも私はちょくちょく行こう。

そしてもうひとつ、同じデパ地下に最近できた、なくなってほしくないけど危なそうなお店がある。天然酵母パン屋さん。

入れ替わりのはげしい一角があって、そこの片すみに。

やわやわとやさしげなお店で、天然酵母の手作りパンを少量、少品種、作っては並べ、作っては並べして売っている。

素朴で繊細で、世間の荒波にもまれさせたくないたたずまい……。

私はそのお店ができた最初のころはあまりの異質感に遠巻きに見て通り過ぎるだけだったけど、このあいだ初めていくつか買ってみたら、とてもおいしいと感じた。

パン屋はそのフロアにあと2店舗もあり、なかなか厳しい環境だと思うけど頑張ってほしい。

というか、買う人が多ければいいんだ。

私はそれから、たまに買ってる。ガラスの向こうでパンを作ってる人がいて、お客さんが来たらその人が急いで出て来て対応している。とてもこぢんまり。女性の時と男性の時があって、どちらもやさしげな感じ……。

ああ、売れて、と思う。

私も買うわ。だって好きだから。

好きなのは、その自然派アイス屋と天然酵母パン屋かな。私が今、気になるのは。いつまであるかわからないから、できるだけ頻繁に通いたい。

まわりには、高級なチョコレート屋さんや、ハーブショップ、フルーティーな紅茶屋さん、全国の有名和菓子、お煎餅屋さん、素朴で地味なドライフルーツ&ナッツ屋さんとか、いろいろ。

こんなひとところにね〜。

こちらにとっては便利だけど、そちらにとってはすごしにくいわよね、駅から遠い風通しの悪いデパ地下って。でも頑張って。応援してるわ、陰ながら。

あ、陰ながらじゃダメだ。買いながら。


自然派アイスのお店が気になり、またそこの前を通って見てみた。

やはりお客さんはいない。

今日は買うつもりはなかったので、じっとショーケースの中のアイスを見て、説明の内容を照らし合わせたり、ジュースの説明を読む。

小松菜とリンゴとにんじんのジュースに興味がある。ぜひ飲んでみたい。「注文を受けてから作ります」と書いてある。柑橘類の酵素ジュースというのも飲んでみたい。このジュースとすべての種類のアイスを食べるまでこのお店がありますように。あとこの「おやつじゃなくて軽食のようなパンケーキ」というのはなんだろう。どんな味なんだろう。

いつか食べようと思いながらそこを離れて、全国のお菓子売り場に向かう。そこはいつもちろ～んとのぞくお店。今月はどんな名菓があるだろう。毎月、季節にあわせたかわいらしいお菓子を取り揃えてあって、見てるだけで楽しい。

先月は6月で、紫陽花など梅雨らしいお菓子が多く、今は7月で七夕や星のお菓子が多い。お菓子やパッケージにもずいぶん工夫がなされていて、手土産にするとよさそう。

それからあの天然酵母パン屋をのぞく。たいへん高齢のおばあさんに男の店員さんが丁寧に説明をしているところだった。

パンを焼き、お客さんが来たらレジにも立ち、説明もする。前に買っておいしかったレモンなんとかというお菓子パンがあるかなと思ったけどなかった。

次に、いつも見るサラダ屋で新製品はないか見て、いつも買う有機野菜のお店へ。トマトと納豆とすっぱくないというレモンとししとうを買った。

自然派アイスにまた行く。小松菜とリンゴとにんじんのジュースを注文したら、リンゴが切れているので小松菜とにんじんだけになりますが、と言われた。それだったら嫌だな……と思い、隣の柑橘系酵素ジュースにする。それとアイス3種。今日の店員さんはニコリともしない。バンダナを巻いてて、無表情。とてもクール。

「そのクールさ、アイスクリームと同じだね」と思いながらジュースを飲みながら帰る。その酵素ジュースは、とても奇妙な味だった。発酵直前のような味。

これが酵素ジュースか。おいしくはないな……。でも体によさそう。

天然酵母パン屋で、今日はどんなパンがあるか見ていたら、男の店員さんが「試食、どうですか？」とカゴに入ったパンを差し出した。

「あ、いいです～」と答える。今日は買う気がなかったので。

夕食の買い物。今日は入り口に、犬も赤ちゃんも見かけない。

寂しい。


お豆腐や肉、魚などを買って、レジに持って行く。

あ、あの人だ。なんとなくあんまり好きじゃないレジの人。でもしょうがない。

すると、レジを打ちながらなにかを探して、指をペロッと舐めた！ その指で次の食品をつかんでる！

お金を払って、袋に入れながら、次からはあの人じゃない人のところへ行こうと思うけど、すぐ忘れそう。

そのあと、またアイス屋さんに行った。またあのバンダナのクールな女の人だ。ちょっと緊張しながらアイスを見る。まだ食べてないのがひとつあった。どれを買うかかなり長く考えていたら、「試食できます」とクールに。

「あ、いいです……」

気詰まりな雰囲気。

そこへ他にお客さんが来てパンケーキセットを注文したので、そのクールバンダナは厨房《ちゅうぼう》に作りに行った。よかった。

これと、これと、これ2個と……、とやっと買うものを考え終わり、顔を上げたらレジに見知らぬ男の店員さんがいた。

よかった！ と思い、うれしく、その人に「すみませーん」と声をかける。普通に来てくれたので、アイスをテイクアウトする。普通に買えてホッとする。ポイントカードも作った。

パンケーキができて、カウンターに置かれた。女の人が座って食べようとしている。

痩せている。この人、菜食主義の人かな。このお店のものって牛乳や玉子などの動物性のものを使わないから、動物性のものを食べないというビーガンの人かも……などと妄想がふくらむ。

ビーガンといえば、それよりも厳格なフルータリアンというのもあるらしい。

果食主義者。

果物やナッツなど、収穫してもその植物自体を殺さないものだけを食べるという。

また、より厳格に、熟して落ちた実しか食べない人々もいるのだとか。ナッツとフルーツだけってデザートみたい。それでお腹いっぱいになるのかな。あんまり食べ物は食べないで生きるつもりなのかもなあ。……人って、いろいろだね。

私は……、なんでも食べてる。今、名づけた、ナンデモン。

ヴェジタリアン、ビーガン、フルータリアン、ナンデモン。

パンケーキが気になるので、今度、食べてみよう。


パンケーキ、買って来ました。

またあのクールビューティー。じゃない、クールバンダナだったので、ちょっと緊張した。私のこと嫌いなの？　と聞きたくなるような冷淡さ。

思い過ごし？

思い過ごしだよね。あの人、さっと、あれが普通なんだよね。

でも、そんな千々に乱れる思いは隠して「パンケーキランチセット」を注文した。「10分ほどかかります」と言われ、そのあいだ他のお店をつらつらと眺める。そして、いくつかのお菓子を買ってしまった。サツマイモの角切り塩味と、ココナッツマンゴーグラノーラ。コ

コナッツマンゴーグラノーラを買ったお店では、「中のマンゴーチップがおいしいですよ」とレジの方が言っていた。

その店というのは新しくできたキッチンスタジオで、お菓子作りの材料がたくさんある。焼き菓子の型や桜の葉っぱ、ケーキの生クリームデコレーションのための模様の型押し、出来上がったお菓子のラッピング用品など、見たことのないお菓子作り用品が多数。お菓子作りをしない私には関係ない世界……と思いながらも、たまにちょろんとおもしろく眺めてた。

そして今、ガラス張りになっていて中がのぞけるキッチンスタジオを見てみると、数名の生徒さんたちがなにやら美しいものを皿の上に作ってる。なんだろうと見てみた。

ケーキの生クリームを大小のお花の形に絞り出している。色も、レモン色、水色、すみれ色ときれい。とてもかわいい、と思いながらチラチラ眺める。気づいた生徒さんがこちらをチラッと見上げる。

すみません。見せてくださいね……。

清潔で明るく、きれいなデザート作り。ガラス張り……。

あまりの明るさに気後れするほど。ガラスに貼られたお菓子作りの案内やスケジュールを見てみた。マクロビのケーキやパンもある。来週、クッキーにアイシングで絵を描くというイベントがあるらしい。おひとり様1枚。無料、だって。

パンケーキ、できたかなと思って行ったら、できてた。

受け取って、家に帰って、食べる。野菜が入っていて自然な甘さ。付け合わせのサラダも素朴。スープも薄味。なるほど。これはこれでいいですね。

それから食後にサツマイモの角切り。それほど塩味は感じなかった。サツマイモのほの甘いおいしさ。満足。

今日の、いつもよく利用するオーガニック野菜屋のレジの女性は、やけに丁寧だった。カゴを持って後ろに並んでいる時も、「お待たせしてすみません。もうしばらくお待ちくださ〜い」とわざわざ声をかけてくれたし、私の番になったらまた「お待たせしてしまってすみませんでした」と、このお店には今までいなかったタイプの丁寧な方だった。人馴れしていない感じの人が多かったので、かえって異質。こちらも丁寧に受け答えする。

そしてスーパーの方のレジ。こちらはテキパキと迅速で仕事のできそうな女性。あの苦手な人はいるかなと見たら、いたいた。3つ向こうに。

サラダ屋の前を通って、いつもはない種類の小さなパックの商品を見かけ、ちょっと立ち止まって観察する。ランチタイムだけのサービスのようだった。


夕食の材料を買いに行く。

エレベーターを降りて角を曲がろうとしたら、ネームタグをさげた若い丸顔の女性とぶつかりそうになったのですこし脇へ移動する。その女性は「申し訳ありませんでした」と何度も言いながら頭を下げていた。ここのお店の店員さんみたい。新人かも。そこまで何度も頭を下げるとは。恐縮した。

こういう丁寧な人を見ると、本当に人はさまざまだなと思う。たまにすごく失礼な人がいたり、こういう人がいたり、次はどっちタイプかなと身構えるこちらも気がぬけない。

玉子とお豆腐を買って、お客さん用のマンゴープリンを1個買って、いつものアイス屋をのぞいてみた。今日は野菜ジュースがある。酵素ジュースはないみたいだ。野菜ジュースを注文する。クールバンダナではなく初めての人だったので言いやすかった。野菜ジュースはいろんな野菜やリンゴをミキサーでガーッと。

自分でも作れそう。

飲みながら帰る。

帰りに天然酵母パン屋の前を通ったら、あの男の店員さんが隣のハーブティーのお店の若い女の子とちんまりと並んでほのぼのと話をしていた。

ああ、よかったねえ。どちらもやさしそう。

こうやって仕事の合間に話のできる人がいると、仕事も楽しくなるというもの。パンをちょっと見たら、男の店員さんが話をやめて、サッと10センチほど女の子との距離を開けたので、そういうところもよし、と思う。

ぼんやりとエレベーターから降りたら、いつになく、やけに活気がある。

広告も鮮やかで、旗を見ると、「土用丑の日」と書いてある。今日は土曜日じゃなく月曜日なのにと思ったけど、曜日とは関係ないらしい。

あっちでもこっちでもうなぎを大声で売っている。私はうなぎを買いに来たのではなかったけど、「お弁当、今、届きました！」と言うので、ふらふらとうなぎ弁当を1個買ってしまった。景気づけに。

ワイワイにぎやかな夕方。

夕食の買い物に。

今日は日曜日なので人も多い。にぎわってる。

天然酵母パン屋を見たら、あの男の店員さんが隣のハーブティーのお店の店員さんとしゃべってる。今日は男の人だった。それでも、よかったと思いながら通り過ぎる。

エレベーターに乗ったら、ベビーカーを押してる人が途中で降りた。

後ろ向きに降りて行ったのでベビーカーが私の方を向いている。そこに乗ってた2歳ぐらいの女の子がこちらを見上げて無心に、無邪気に、「バイバイ、バイバイ」と言っていたのがかわいらしい。

これぐらいの年齢の子どもは人に分け隔てなく接するが、やがていろいろな経験を経て、知らない人にバイバイとは言わなくなる。なのでよけいに心があたたかくなる。

バイバイ、バイバイ。

私も最大限の熱心さで手を振る。

今日、注目したのは、あるレジの人の眉毛。不思議なふうにピンと上がって描かれていた。おもしろい。その形にしたいというその気持ち。それが好きというその感性。

あのクッキーにアイシングで絵を描くというイベントを通りすがりに見てみた。なんと、レジ横の極小スペースに四角いテーブルが出ていて、先生ひとりにお客さんふたり。小さなクッキーに色つき練り砂糖を塗りつけている。これか。

妙にちびっちゃくこぢんまり。参加しなくてよかった。

……なんて思ってはいけない。参加したらしたで、そこからの視界は別ものだ。楽しく、ためになったはず。

視点、視線、視界。それによって価値は変わる。まったく変わる。

しばらく、……2週間ぶりぐらいにアイス屋さんへ行った。またあのバンダナだ。柑橘系酵素ジュースを注文する。

「氷は入れますか？」と聞かれたので、いつもは入れないけど今日は暑かったので「はい」と答えた。そして、しばらくしてできてきた。見ると、氷が入ってない。

「あ、氷……」と言ったら、不審そうな顔をしてる。「すみません……」と言ったら、妙な顔をして氷を入れに行った。私が間違ったと思っているような顔だった。

気まずい。

しばらくして、氷を入れて持って来てくれた。

「どうもすみません」と頭を下げて受け取る。

なんだってこんなにこの人に恐縮するのだろう。


次の日、アイスを買おうかなとアイス屋に向かった。

2種類、また食べたいのがあるので。でもまたあのバンダナだったら嫌だなと思ってエスカレーターの陰からそっとのぞいてみた。


バンダナだ！

再確認したけど、やはりそうだ。

行きたくない。

今度、男の人の時に行ってまとめ買いしよう。こんなにも行きづらいって不思議なほど。だってお客さんが来ることを全然喜んでないような態度だから。行くと、邪魔して悪いと思うほどの不愛想さなのだ。だれか他の人にも意見を聞いてみたい。とにかく私は苦手。笑顔もほほえみもやさしさも思いやりも謙虚さも元気さも素直さもいきいきさも感じられないのだけど、私にだけそう見えるのかどうか。
あそこまでの冷淡さはこの食品フロアナンバー1だ。

次の日、またあのアイス屋へ。今度は和菓子売り場の陰からそっと見てみた。今日は新入りらしい若い女の子がいた。でも隣にクールバンダナがいる！

和菓子売り場の
陰から そっと見てみた

ああ、どうしよう。

クールがこっちを見ているような気がする。お菓子の棚すれすれに隠れて目だけ出してじっくり見てみた。

今日は行くのはよそう。代わりに、天然かき氷を食べることにした。

ふわふわの氷がおいしかった。

次の日。今日はいつもと違うルートで買い物に行った。午後5時ごろ。

ちょっとした中央広場でおばあさんが孫を遊ばせている。

1歳半ぐらいの女の子で、パンツの上に透けるレースの黒いスカートを穿いてヨタヨタと歩く姿がとてもかわいらしい。ぷくんとしたパンツのおしりがまるくて。

そこへチワワの子犬を連れた女性が通りかかった。ちんまりと洋服も着せて。チワワ、大急ぎでトテチテ走っているけどチワワなので進みは遅い。心配そうに振り返り振り返り歩く飼い主。

サラリーマンらしき男性ふたりが仕事の話を熱心にしている。

私は近くのポストに手紙を投函しに行った。

道路に止まったスモークガラスのバンに乗り込もうとしている堅気に見えないサングラスとアロハの男と仲間たち。

8月下旬。

それぞれの夏が過ぎようとしている。

しばらく行くと、お、待っている犬。2匹。もこもこした白と黒。きょろきょろと不安そうにご主人を待っている。このあたりにはスタバしかない。

スタバでコーヒーでも買っているのだろうか。

パンツの上に
透けるレースの
黒いスカートを
はいて
ヨタ
ヨタ

犬が待ってるよ！

スーパーへ行く。まず、アイス屋チェック。昨日の新人とクール。あの新人に教え込んだら、クールはいなくなるかもしれない。しばらく経過観察だ。

スーパーの前の販売コーナーを通る。今週はロシア料理、お好み焼きなど。ほぼ常連どころが2週間のローテーションで回っている。つやつやと照りよく並んでいるピロシキ各種やパイをかぶせたカップシチュー。前に買ったことがある、これ。そして味はそれほどでもなかった。

カツオのたたきと蒸し鶏用の鶏肉その他を買う。

買い物を終えエレベーターに乗ったら、2歳ぐらいの女の子を連れてベビーカーを押した女性が入って来た。

女の子が得意そうに、「ジャンプできる！」と言う。

でもエレベーターの中なので、ジャンプを止められて、泣き出した。

私が降りる階で降りて一緒に出て、その場でお母さんがベビーカーを止めて、小さくジャンプしてあげてる。ジャンプ、ジャンプって。でも女の子はもうなにしても機嫌を損ねてる。

気分。子どもは気分。機嫌が悪くなると、もうお手上げ。すぐ機嫌が悪くなる子もいれば、おだやかな子もいる。大人もそう。

いろんな子どもがいる。いろんな大人がいる。

大人は自分の責任で行動できるけど、小さい子どもは親が面倒みなければならないし、親が判断して、親が責任を取らなければいけない。子どもの気持ちもわかるけど、大人にとっては忍耐だ。

買い物のついでにアイス屋をチェック。和菓子屋からそっとのぞく。

あ、今日はクールじゃない！

そうだよね。間違ってないよね……。慎重を期して、メガネをかけてじっくりと確かめる。

うん。違う人だ。

で、しずしずとそこへ向かい、アイスを3種類×2個ずつと野菜ジュースを買う。これでしばらく大丈夫。

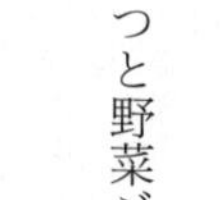

夕方、買い物に。

まず、いつものワイン屋へ行く。最近は暑かったのでさっぱりとした白ワインが好きになってたけど今日は赤ワインにしようかな。

小さな紙に書いてある説明をいくつか読んで1300円の赤ワインを買う。

それからサラダ屋で鯵の南蛮漬けを買って、スーパーへ。

今日はなんにしようかなあ……と、ぶらぶら魚コーナーを歩く。カニを食べたいとさっき思っていた。でも8月にカニっていうのもなあ……。どうなんだろう。

小ぶりのボイル毛ガニ、半身1400円というのがあった。じーっと見る。手に取って見ると、見て、味を想像する。どうしよう。隣にかに酢というのも売ってる。さっぱりと。小分けされた袋が5つ入ってるようだ。これを買って、つけて食べようか……。さっぱりと。おいしいかも。

でも……。いまいち踏ん切りがつかない。カニの足はいいけど、胴体のところが食べにくいよね。カニの殻ってすぐに臭くなるし……。どうしよう。迷いながら、そこを離れる。

牛肉のステーキにしようか。

牛肉はめったに食べないけど、たまに食べたくなる。赤身のところをミディアムレアに、表面をさっと焼いて、お醬油をかけて食べようか……。

牛肉を見に行き、じっと見る。これにしようか。赤身のステーキ肉。

ふと右側を見ると、「29（肉）の日　お楽しみ袋2000円」というビニール袋があった。中を見ると、「サーロインステーキ肉1枚、1421円。しゃぶしゃぶ用牛もも肉、1170円。ウィンナー3袋」が入ってる。

これは、とてもお得じゃないか？　これで2000円とは！

この高いスーパーではめったにない。過去に一度だけハム屋であったが。

私はそれをしげしげと見つめ、ステーキ肉の高い方を選んでカゴに入れた。１３００円〜１４００円ぐらいの幅があったから。

結局、それだけをカゴに入れてレジへ向かう。空いてたレジにカゴを置いて、見たら、あのちょっと苦手な指を舐めた人だった。あ、と思ったけど、もういいやと思い、そのまま進む。肉の袋を持ちあげて、まじまじと見て、その人が、「これ、なんか、すごいですね」と言った。

私は「そうなんです。安いなあって……」と応える。消費税もかからず、２０００円ぽっきりだった。お釣りを丁寧に受け取って、静かに挨拶してそこを離れる。

やはり、ちょっと言葉を交わすと親近感が湧くなあ。

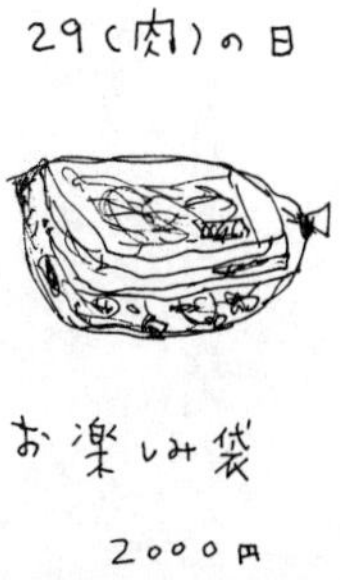

もう嫌じゃない。あの人のこと。

入り口に犬は、……いない。

今日は買うものを決めて行った。紙に書いたメモを見ながら、ささっと売り場を回る。

ジューススタンドでベビーカーとすれ違った。中に、生後2ヶ月ぐらいのまだ首の据わらない赤ちゃんが寝かされていて、目を大きく開けて天井を見上げている。つるつると光るぷっくりとした頬。はちきれんばかりだ。

いいね。そのぷっくり感。

そこを過ぎて野菜売り場へ。みょうがとオクラを買う。それから鯖《さば》の三枚おろし。マグロもついでに。柚子をどうしようかと迷ったけど、やめといた。今日は使うものがないから。

でも柚子やすだちの香りは大好き。

アイス。

あのアイス食べたい。でも……。

先日売り場をのぞいたらクールだったのでその日はやめた。でも今日こそはクールでも買おうと決心して出かけた。

いた。クールだ。カウンターにお客さんがひとり、座ってアイスを食べている。その人となんかしゃべってるクール。そのお客さんは常連さんっぽく、はっきりした感じ。そういうはっきりした人がガンガン前から迫ると、さすがのクールのアンニュイさも吹き飛ばされるようだ。

私はアイスのショーケースを見て、決めていたアイスを3種類、合計5個注文する。

品物を渡される時に目を見てみた。ちょっと気まずい。あのクールのクールな目。

でも、今日はアイスを買えてうれしい。

帰ってさっそく表面をペティナイフで薄くそいで食べる。ここのアイスはそうやって食べることにしている。ナイフでシャクーッ、シャクーッと。

一度に2個は食べてしまうさっぱりさ。

週替わりのコーナーではおいしそうなお弁当などが実演販売されている。いつもチェックするのだが、今日は穴子の巻きずしがおいしそう。

お昼はこれにしようかなあ。

鯖ずし、穴子の押しずし、カニの押しずしとのセットなどもある。迷ったすえ、鯖と穴子の押しずし、穴子の巻きずしを買う。

さっそく家に帰ってお茶を淹《い》れて食べてみた。穴子のたれがちょっと甘すぎ、鯖は臭みがある、と思ったけど巻きずしはおいしかった。

あのコーナー、いつもだいたい並んでいるのは、焼き肉・から揚げのお肉系、焼きそばかお好み焼き、お寿司、中華の点心、お団子やワッフルや葛餅などのおやつ類、漬物や明太子、とひととおり決まっている。私はいつもそのまわりをぐるりと一周する。おやつや漬物はあまり買わないので、肉の弁当かお寿司、焼きそばあたりをじっと見る。だいたい前に見たことのあるものが多いが、たまに初めて見るのがあって、そういう時はことさら真剣に見る。でも、思った以上においしいということはあまりない。2回も買うようなものは。でもこのあいだあった。なんだったっけ。お肉系だった気がするけど。

……思い出した。名古屋の味噌カツ丼。あと、仙台の牛タン弁当。

野菜コーナーのすみっこに、小さなワゴンがあって野菜の安売りをしている。鮮度の落ちたものや傷んだところを切り取ったあとのものを。

たまに買うことがある。今日、歩いてる流れで見ていたらいろいろいいのがあったので、買う予定じゃなかったけどつい買ってしまった。白菜、キャベツ、ミニかぼちゃ、レンコン。いっぱい。なに作ろう……。

買い物に行ったら、今日は入り口に犬がつながれていた。その犬を、犬好きな人なのか、だれかがずっと触っていた。飼い主が戻って来たらどう思うだろう。うれしいのかな。自分の犬がかわいがられて。

その犬好きな人はとてもうれしそうだった。

犬の方は、されるがままって感じだった。


3週間ほどご無沙汰。

もう秋。すると、気分も変化してた。

あのアイスはもう飽きた。

秋だからだろうか？

数日前に見かけた人は風変わりだった。
隣のレジに並んでいたお客さんなんだけど、最初女性だと思ったけど、どうやら男性のようだった。とても体が細くて、おしゃれで、髪型はてっぺんだけ丸く毛があって、あとは刈り上げ。ヘッドフォンをしてて、買ったものはお豆腐と焼きジャケ。この人はたぶんとても個性的で繊細な人なんだろうな。職業は、楽器を演奏するミュージシャンかも。人を寄せつけない雰囲気を持っている。神経質そうだ。……などと思った。

昨日、貝売り場にいた子どもはかわいらしかった。年のころは4歳か5歳ぐらい。着ていた服をお腹の上までたくし上げていたので、貝売り場のおじちゃんが「お腹がひえて風邪ひくよ」と言ったら、「ううん」と首を横

に振ってた。もう1回おじさんが言ったら、また「ううん」と横にぶんぶん振ってた。とてもかわいかった。

アイス屋の前を通りかかり、ひさしぶりに買ってみようかなと思ったら他のお客さんがいて時間がかかりそうだったので諦めた。

それから3週間ほど行かず、昨日、ひさしぶりに野菜ジュースでも飲もうかと行ってみたら……、

なんと、

店がなくなっていた！

ショック！

大ショック！

こんなに早く……。もうクールもいない。ホッとしたような、寂しいような……。

代わりにたこ焼き屋が。

ポイントカードがいっぱいになってたのに……。悲しい。

今、そのカードを広げてみる。３００円×スタンプ30個＝９０００円も食べている。これで５００円分の割引券になったのに。新しいカードにもスタンプ２個。

教訓。

ポイントカードがいっぱいになったら、すぐに使おう。

寂しい気持ちでカードをたたむ。

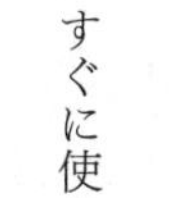

今日も買い物へ。

10月も下旬になり、もうすぐ年末かあ……。しみじみするなあと思う。

たこ焼き屋か……。

天然酵母パン屋は大丈夫だろうか。遅いお昼にサンドイッチでも食べようと、目指して行った。柚子だれにつけたフライドチキンサンドにしよう。それとシフォンケーキも。めずらしくお客さんがいて、店員さんと話してる。

私の番になり、トレイを渡す。ポイントカード、どうしよう。一応、出した。５００円で１個。１年以内に60個たまったら、焼き菓子プレゼントだって。

道は遠いなあ。4ヶ月でまだ6個。このペースだと1年で18個。とても無理そう。

魚コーナーで鯖の三枚おろし（骨抜き）を買う。竜田揚げにしよう。

それからしじみ。しじみのお味噌汁をこの前作ったらおいしかったから。

野菜売り場に、痩せて髪の長いおしゃれな女性がいた。この人もこれから料理を作るんだなと思った。こういう人が家で自分のために料理を作ってくれるとしたら、それはどういう気持ちだろう。私は男性の気持ちはわからないけど、とてもうれしいのではないか。でも反対に考えたら、素敵な男性がいて、こういう人に強く愛されたら素敵だろうなと思うのと同じか。それだったら想像できる。別にいいことだけじゃないってことが。いい部分はいいけど、全部が自分に都合のいいわけじゃない。とはいえ、いい部分がないよりもあった方がいいし、1個よりも2個ある方がいいだろう。だから自分を高めるのはいいことだ。自分のためにもまわりのためにも。

買い物を終え、両手に荷物を提げてエレベーターへ向かう。その曲がり角にいつも出張販売がある。今日は山形のドライフルーツ。私はリンゴチップスが好き。でもそこのはソフトドライと書いてあり、普通のと違う。試食をすすめられたので食べてみた。柔らかめのリンゴチップス。噛むと甘みが広がる。ふむふむ。

そして柿も。こんなのは初めて見た。皮のままの柿を輪切りにして干してある。見た目も興味深い。味は、こちらも噛めば噛むほど甘みが出てきて、ちょっと甘いものを食べたいと思った時によさそう。小、中、大、とあり、小ひと袋1・5個分の柿です、と言う。値段は630円。うーん。安くはない。どうしよう。でも、なんだか立ち去りにくい……。で、リンゴと柿の小をひと袋ずつ購入する。

緊急用おやつにしよう。

昨日に引き続き、今日も夕飯の買い物。料理の本で「じゃがいもと牛肉の天ぷら」の写真を見たので触発されてそれを作りたくなった。
牛肉売り場に行って安くて少量のを探したけど、これというのがない。見ると、また肉のパックが！　肉（29）の日？
そうだ。今日はまた肉の日だ！
またまたお安くなっていたので、それをカゴに入れた。

レジにぼんやりと並んで、順番が来たので進む。見ると、ちょっと苦手だったあの人だった。また肉の日に、またあの人。でももう苦手感はなくなってた。

たこ焼き。

店の入れ替わりが早いあの一角にできたたこ焼き屋。アイス屋のあと。

人通りも少なく、どう考えてもいきいき感のない一角だが、今日は午後のおやつ的な食べものとしてたこ焼きを食べようかということになった。

そこで我が家の使いっぱである私が買いに行く。

「ねぎとソース味」を買って来た。あつあつで、たこも大きく、おいしかった。本店の写真も飾られていて、もともとはおいしいとこみたいだ。ただあの場所が悪いだけ。

はふはふ言いながら子どもと3人でおいしく食べ終える。

ずいぶんご無沙汰しました。

年が変わって3月です。

ああ。あの天然酵母パン屋さんが、ついになくなってしまった。

代わりに高級ポップコーン屋が！

買いました。チーズとキャラメルのミックス。

チーズの割合を多めに。こってりと味が濃い。濃すぎる。でも、またいつか買うかも。

そしてまたあっというまに3ヶ月がたちました。

ひさしぶりにポップコーンを買ってみます。小サイズを。

なかなかおいしい。

けど味が濃い。

それからあのたこ焼き屋、やはりなくなっていました。今度はいろんな国のパンを売る店になってた。ますます売れなさそうな雰囲気が漂っている。

地方の名産コーナーでは白神山地のいろいろなもの。杉の木のマスコット着ぐるみも出ていた。小さな女の子を連れたお父さんがその杉の木と無理に握手させようとして、女の子は嫌がって泣きそうになっていた。

私は着ぐるみを見るとのぞき窓を探す。あった。木の線のところに。

それは貝売り場の女性。

魚売り場の奥、あまり人の来ないあさりやしじみのコーナーで貝を売る担当の女性（50代ぐらい）がいる。その人はよく親切にしてくれる。

私はたまにお味噌汁の実に貝を買う。それとかあさりの酒蒸し、もっとたまにボンゴレのために。

あの女性が気になる。なんだか悲しそうで。勝手にそう感じるだけだけど。

なんだか気になる。

寂しげで、いい人っぽくて。


暑い夏の夕方。

いつものようにさえない気分でスーパーへの階段を下りていた。

トコトコトコ……。

すると目の前に、いた！

犬つなぎの場所に主をおとなしく待つ犬が！

しかもお腹をぺたりと床につけてリラックスしてる。

きゃあー。かわいい。

後ろ姿を写真に撮らせてもらった。

脅かさないように遠巻きにドアの方へ回って、チラリと顔を見る。


こんなカップルがいた。

女性は20歳前後。すごく痩せていておしゃれ。大きなマスクをつけてて、タレントかもと思う。男性は20代後半、地味で清潔感あり。ぶらぶらとチョコレート売り場を通り抜けて出て行った。

あの男性、あんなきれいな彼女がいていいなと、私は男の心で思う。別にタイプというんじゃないけど。あんなおしゃれできれいな女の子とつきあうってどんな感じなのかなと、想像しようとしたけど想像できない。

そういえば、どんなにきれいな人でも、素敵な男性でも、友だちになってしまえばすぐにその顔には慣れちゃうよね。顔には慣れる。

だって話すと普通なんだもん。

こんなカップルもいた。

すらりとした美人。カートを押す男性。ふたりで買い物をしている。一緒にいることに慣れている感じ。長年連れ添ったご夫婦だと思う。

こんなご夫婦、どんな結婚生活を続けてきたのだろう。いろいろあっただろう。でも別れずに今まできた。こんなに慣れて。

人が人と連れ添う。

不思議。

長く続くカップルもいれば、すぐに別れるカップルもいる。

このカップルにも、あっちのカップルにも、それぞれの歴史がある。

他の人ではなく、なぜその人？

組み合わせを変えても、それはそれでやってけるんじゃないかな。

お互いに「その人を選んだ」というところになにかがありそう。

私はひとりの人と長くつきあったことがないのでどうしてもそこのところがわからない。

どうやら私は人をすごく好きになったり、人を必要としたりしないようなので。

私はカップルとは別世界の住人。死ぬ前にいっぺん、だれかとカップルになりたいわ……。

いい人がいいわ……。

夏の終わり。

平日の夕方なので混んでなくて買い物しやすい。

いいね。ゆったり。

で、気分よく、ひさしぶりに甘いものでもちょっと買おうかなといろいろ見ていた。

栗をチョコでくるんだお菓子がある。

それはいつもそこにあると知っているお菓子。

ぐるぐる回ってこれというのがなかったのでその栗チョコのお店に行ってじっと見た。

そして、決心していちばん小さな4個入りの箱を買った。

すばらしき
カップル
一度でいいから
私
だれか

そして会計の時、「1620円です」というのを聞いて、「ああ、高い、思ったより」と思ったけど、もはやそこで引き返せず、買った。

それだけが今日、ちょっと後悔した買い物。

でも、こうなったら味わっておいしく食べよう。

4回に分けて1個ずつじっくり食べよう。

初秋の日曜日。

日曜マルシェが開催されていた。

小雨模様だったが雨もあがり、私はぷらぷら歩いて、のぞいてみた。

私はこの日曜市場というのがどうにも苦手。遠くからその日のために集まって来た売り手のみなさんの熱意や倦怠《けんたい》やとまどいを感じながら、商品をさっと眺める。

油断すると試食を出され、そこから離れられなくなる。なんか悪くて。

なのでサッと急いで歩きながら、野菜のお店で野菜だけまとめて買った。

もうひとつ、興味のある出店があったので意を決して近づいた。

薔薇の化粧品だ。

白髪のやさしそうなお婆さんが「私が育てたんですよ。無農薬のダマスクローズです」と言う。美しいピンクの薔薇の写真がのったポスターが後ろに貼られている。

ピンク色の石鹸を見た。丸くて半透明。いい匂い。1500円か……。顔を洗うやつ。

うーん。いい匂いに包まれていい気分になるための石鹸だ。

化粧水は？

あった。5000円ぐらいする。無農薬なら妥当な金額だろう。シャンプーやリンスもあった。ハンドクリームを試させてくれた。界面活性剤が入ってないそうでやさしい感じ。

ハンドクリームは普段は使わないけど、化粧水や乳液は欲しい。でも、今家にある化粧品が脳裏に浮かぶ。あれらを使い終わってから……。そうしたらこういう自然ないい感じのを使おう。そう思って、お婆さんにお礼を言って帰る。

お婆さんの静かなやさしい目が印象的だった。

薔薇を育ててるなんていいね。

水曜日の午後3時。それほど混まない時間帯だ。

私はぶらぶらと食品売り場を歩いていた。今日の夕飯のおかずはなににしよう……。

あ、玉子がないから有機野菜屋で買おう。

玉子とお豆腐、こだわりちくわ、魚肉ソーセージ、っと。

トマト売り場と果物売り場のあいだにいつもはないテーブルがあって、これからなにか始まる雰囲気。8人がけぐらいの大きさでふたりの方が座ってる。

近づいて耳を澄ますと、無料の料理教室。あまり馴染みのない野菜（そうめんかぼちゃとおかひじき）を使った料理のよう。

ふう……んと思いながらレジに行く。するとレジの方から料理教室に参加しませんか？とすすめられた。おかひじきは好きでたまに使うけど、そうめんかぼちゃは使ったことがない。ヒマだから参加しようかな……とふらふらと近づく。説明が始まっているようだったけどそうっとテーブルの空いた席に着く。

「あ、どうぞどうぞ」

まだ大丈夫だった。

私のあとにもふたりの方がいらして全部で5名。

それから1時間も続いた。

実際に野菜のバイヤーをされている女性の方が説明してくれて、このレシピもその方が考案されたのだそう。生産者さんのお名前も教えてくれて、ちゃんと交流してるんだなとうれしく思った。

私たち生徒5人はみんなおとなしく聞いている。

料理教室といってたけど実際はほぼ試食会で、次々とその野菜を使った料理を回され、みんなでちんまりと取り分けて食べる。みなさんとても上品で、「こちらからばかりなので今度はそちらから」などと回す順番にも細かく気を遣ったり、声も小さくてやさしい。

この感じは初めてだ。このようなタイプの人々が集まる集まりというのは。私も合わせてしずしずと食べる。

試食したお料理は、そうめんかぼちゃ入り夏野菜たっぷり春巻き、チャプチェ（おいしか

った）、ピクルス（生のそうめんかぼちゃを四角く切ってピクルス酢につけたもの。みなさんからおいしいとの声が。私はすっぱいものが苦手なのでまあふむふむと）。その他、かき揚げや天ぷらにするのもおすすめだとか。それからおかひじきの豚肉巻き、おかひじきと鮭とごまのおにぎり。

そのあと、いちじく、皮つきのいちじく、洋ナシ3種類。洋ナシは食べごろの見分け方も。一ヶ所をグッと押してやわらかさをはかるのではなく、全体を両の手のひらで包んで感触を確かめるといいのだそう。でもこれは慣れが必要らしい。

「食卓にいつも置いておくと食べごろになると色が変わる」と生産者のなんとかさんが言ってたって。微妙に色が明るくなるんだとか。へえーっと私は興味深く聞いていた。

最後にアンケートに記入して終わり。

そうめんかぼちゃとおかひじきを買って帰る。

家でそうめんかぼちゃをゆでてみたら、本当に細い糸のようなのができてとてもおもしろかった。しゃきしゃきとした食感もよかった。

今日は息子の好きなハンバーグでも作ってあげようかなあ。面倒だけど……と思いながらたらたらとスーパーへ行ったら。

なんと催事コーナーでグルメフェアが！

今までここで見たことのない店が出店している。1週間だけ。

これは、ちょっといいかも。一つ星フレンチレストランのお弁当、トシ・ヨロイヅカのケーキ、ジンディンロウの小籠包など。

「和の食　いがらし」の親子どんぶり実演があった。ひとりの男性が出来上がるのを待っている。グツグツと黄色いトロトロの玉子が煮込まれている。

夕飯はこれにしよう！　と即決。

その人が終わってから「親子どんぶりふたつ」と注文する。若い料理人のお兄さんが丁寧に応対してくれ、作り始めた。作ってもらってるあいだに隣の小籠包と蓮の葉包みおこわ（冷凍）を買う。トシ・ヨロイヅカのケーキも買って、家に帰ってさっそく親子どんぶりを食べてみる。小さく切った鶏肉がやわらかく、全体にやさしい味でおいしかった。

明日からも通い詰めて、フレンチのお弁当やネパール料理も味見したい。

落ち着かないわ。

もらったチラシを見たら、今度の日曜日にはエレベーター脇の特設会場で有名シェフ3人のトークショーがあるそう。

「食事情の変遷、各人の食へのこだわりを語る」だって。聞いてみたい気がする（結局、行かなかった。なんかだるくて）。


今日は日曜日。

10月も下旬。

秋です。

広場では恒例のマルシェ。市場が開催されています。

このこぎれいで自然派のマルシェ、やはりちょっと苦手。試食をすすめられたり、呼び止められたりするから。通路を進むと左右から見えない手がのびてくる……感じ。

でも蜜入りリンゴとフォカッチャを買いました。それにしてもオリーブオイル屋さんが多いのはなぜだろう。

で、リンゴをぶらさげていつものワイン屋に行って白ワイ

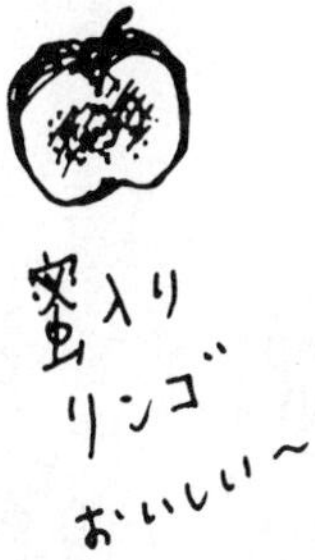

ンを2本買う。どれでも2本で3000円というフェアをやっていたので、できるだけ高い、2500円のを2本選んだ。定価だと5000円だからお買い得かも。ニコニコ気分で地下のスーパーへ。

すると、あの場所にひさしぶりに犬が！

犬種はプードル（ミニ）。うすい茶色。でっぱりにリードをつながれてご主人の買い物が終わるのを待っている。そして、その前方1・5メートルのところにピンク色のワンピースを着た若い女性が座り込んで、その犬に一生懸命手をふったり注目を得ようとしている。犬好きの女性がご主人を待っているこのプードルをかわいく思い、手なずけようとしているようだ。私は興味深く感じながらも自然なスピードでそこを通り過ぎた。

かわいい犬ちゃん。

デパ地下の催事場でも盛んに売り込みが行われていた。日曜・祝日に買い物に出ると四方

八方から買え買えと攻撃される。

私は静かに買い物ができるスーパーに向かい、ゆでエビ、こんにゃく、がんもどき、梅干し、アボカド、ベーコン、キャベツ、レモンを静かにカゴに入れ、レジで代金を支払い、袋に入れて、家に帰った。

あっというまにもう12月。冬だ。

毎日寒いよ。

冬は午後4時過ぎには暗くなり、5時には真っ暗。そのころ買い物に行くと外は暗いのに時間は早いのでまだ人はあまりいなくて不思議な気持ちになる。

そろそろクリスマスやお正月の品も並び始め、一気に年の瀬。おせちはもう買わないことにしたので気が楽。去年は買ってしまって、やはり冷たいし、できてから時間もたっててあんまりなあ……と思ったから。

今年は好きなものだけをピンポイントで買うことにした。サク（息子）は数の子があればいいって。私は黒豆と……、まあ適当に。

ところで、新しくできた中華風のお惣菜屋さんがあったので興味を惹かれて見てみた。酢豚の黒酢ソース、大きな海老のチリソース、大きな帆立の蟹あんかけなど。ちょっとおいしそう。しばらく熟考して、少量ずつ買って夕食にしようと決める。

その3種類を、小さなパックでくださいとお願いする。１００グラム、それぞれ６００円、７００円、７００円と書いてある。かなり高いなと思ったけどまあ、いいかと。酢豚は四角い肉が3個入ってて１００グラムで６００円。海老チリは海老が4個で１０４グラム、７２８円。そして帆立は大きな帆立が6個入ってて、２１１グラムで１４７７円と言う。「すこし減らしましょうか？」と若い男の店員さんが聞いてくれた。

え……、帆立6個で１４７７円？

高っ！

と思ったけど、なんだか面倒になって、「いいです」と言ったけど、やはり高い。

帰りながら、１５００円あったらお弁当2個買えたかも……とぶつぶつ考える。帆立は3個ぐらいでよかったのに……。小パック、見た目は小さいけど重かったんだなあ……。大きな帆

大きな帆立の蟹あんかけ

立だったし、蟹のあんかけだしね。

その3種類のお惣菜だけで3029円もしたので、サラダも買おうかなと思っていた気力がすっかり失《う》せて、トボトボと帰る。

量り売りって意外と高い。大きな辛子明太子なんて3000円ぐらいするよね……。

あの入れ替わりのはげしい一角に、今あるのがドイツパン屋さん。そこで買うと必ず試食にさまざまなパンの薄い一切れを袋に入れてくれるのでうれしい。

でもここもいつまでもつか……と、買うたびに少し同情するような気持ちで対応してしまう。お金を渡す手もおずおずとしてしまう私。

寒波襲来。全国的に寒い毎日。日本海側では大雪。1日に1メートル以上もの積雪があったとか。

今日はふぐ鍋にしよう。

じっと見て、ふぐ鍋セット小（２５００円）、ふぐ刺し小（１５００円）を買う。ふぐ刺しはどうしようか……と迷ったすえにカゴに入れた。

まあ、いいかと。

削りかつおぶしも買って、家に帰る。

家に帰るとホッとする。

私は買い物から帰るとすごく幸せを感じるのだが、なぜだろう。疲れて、ふーっとして。

とても幸せだ。

ここのお菓子売り場を無事に通過するにはエネルギーが必要だ。買わないように、ではなく、売り場の店員さんに声をかけられないように。

脇目もふらずにまっすぐ前を向いて急ぎ足で進まないといけない。ちょっとでも興味があるかのように歩みを止めたり商品を眺めたりするとすぐに試食をさしだされたり、声をかけられてしまう。断るのにもエネルギーを使うから。下手に横も向けない。
静かな戦いだ。

12月も中旬を過ぎてお正月用品が並び始めた。まず数の子。
ずらり。

鮮魚売り場の一番奥の貝売り場。

貝売り場のおばちゃん。水色のエプロンをつけたいつものおばちゃんの目はすこし寂しげ。

私はその寂しさに吸い寄せられるようにあさりを買ったりしじみを買ったりしてしまう。

時々おまけしてくれる。

もわもわとしたその寂しげなムードを私はいつも感じるのだが、このあいだ外で、仕事帰りのその方が他の人と一緒に帰って行くところを偶然見かけた。楽しそうに話してらした。

うれしかった。

まあ本当に寂しいかどうかはわからないけど、寂しげなムードを持つ人っている。

あのいつもすぐにお店が変わる魔の一角に新しく入ったドイツパン屋さん。興味を惹かれ、たまに見に行く。いろいろおいしそうなパンが並んでいるから。最近いちばん興味を惹かれたのがコッペパン（というのか）。真ん中の切りこみに挟んであるのが生クリームと板チョコ。四角い板チョコが斜めに突き刺さっている。とても興味津々。おいしそうに見える。

そのパンを買わずにじっと見てばかりいたけど、今日はついに買った。半分だけ食べようと半分に切って食べたら、おいしかった。パンもふわふわじゃなくてしっかりめで。なので残しておいた半分も食べることにした。板チョコが生クリームの中でパリパリと割れる音がとてもいい。

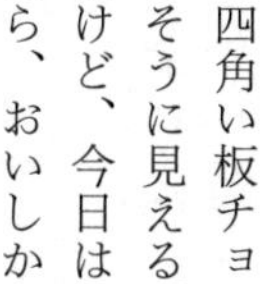

食品売り場の中央に催事場があり、全国のおいしいものの出店が並んでる。手作り冷凍ピザとパスタの売れ行きがいいのか、このあいだもあったけど今週もまたあった（別のお店のが）。私はピザ5枚、パスタ5つも買った。

冷凍庫がいっぱいになった。

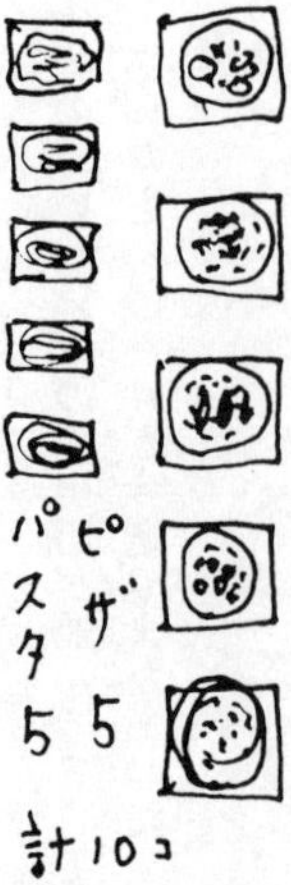

クリスマスイブ。
早めに買い物に行ったら、チキンやケーキがにぎやかな声と共に売られていた。
クリスマスね……。
子どもも大きくなったのでもう特に何をするということもない。
国中が浮かれてるように見えるけど実際はそうじゃないよね。
普段と変わらない人もいる。でも一応、鶏のもも焼きを作る。塩コショウをきかせて。
おいしかった。

おせち。

大みそかは混みあうので早めにすこしずつ買い物する。27日の今日は、日持ちする重いものを買った。お米、お餅、ビン入りの黒豆や栗の渋皮煮、鴨のロースト、カレー粉など。そして大みそかに野菜と果物、お肉類を買おう。

いつだったか大みそかに買い物に行ったらレジが長蛇の列で驚いた。今年は忘れずに朝一で行かなくては。開店時間もいつもより早い。

お正月用の飾りをいつもは買わないんだけど、今年はミニ鏡餅を買おうかなあ。鏡餅だったらあとで食べられるから。

ドイツパン屋さんに行ったら、もうあの板チョコ入りパンはなかった。週替わりみたい。代わりにフワッとしたドーナツの砂糖がけがあったのでそれを2個買う。私と子どもの分。

大みそか。

覚悟して買い物に行ったら、やはり朝から混んでいた。

でも私は買うものリストをメモして買うルートも考えていたので、ササッと効率的に行動できた。レジが長蛇の列になる前に行けた。そのせいか気持ちに余裕が出て、予定外のドイツパン屋さんにまで行った。

ここのパンはなぜか好き。

じっと見て、フレンチトースト用の食パンとおやつのドーナツを1個買う。するとレジ前にチョコがかかったクッキーが3枚置いてあった。1枚２００円ぐらい。

おいしそうだったので「これもひとつお願いします」といちばん大きいのを指さした。すると3枚並んでいた中で、いちばん小さいのをレジの人が取った。私は「ああっ！」と思い、でもしょうがないと諦めようとしたけど諦めきれずもじもじして、大きいのと取り換えてもらおうと思って「こっちの大きい方のも同じ値段ですよね？　だったらこっちと取り換えてもらっていいですか？」と言おうとしたけど言えず、「もう1枚お願いします」と大きいのを指さした。大きいのも買ったので足して2で割ってその中間の大きさになったのでちょっと気が済んだ。

家に帰ってさっそくそのチョコがけクッキーを食べてみる。それほどでもなく、まあまあの味だった。よけいに気が済んだ。

年も明けて、もう3週間。

今年は晴天の日が続き、空気がとても乾燥しているらしい。

今日もドイツパン屋さんに行ってみた。空腹の時に買い物したらいけないとわかっているのに、今、お腹ペコペコ。

どんなパンがあるかじっと見る。「ブタのミミ」というハート形のパイ菓子で上半分だけチョコがかかってるのがあった。これは好きなお菓子。買おうかどうしようか考える。隣にねずみの形をしたプレッツェルがあった。名前は「チューチュー」だって。ふたつあって、ひとつの方のお腹が割れてぷくーんと白い生地が飛び出してる。まるでお腹に赤ちゃんがいるみたい。それをじっと見る。その隣にバターが挟み込まれたチューチューがあった。名前は「チューチューブッダー」。

背中に大粒の白い塩がふられていておいしそう。

迷ったすえに、「ブタのミミ」と「チューチュー」と「チューチューブッダー」をひとつずつ買った。「チューチュー」を買う時は、お店の人に「このお腹が飛び出してる方のを」と指さして。

それを手に持って歩いていたら和菓子のお店でまた足が止まった。

台の上にいちごのお菓子がたくさん並んでる。またじっと見る。

いちごブッセといちごの和菓子を買ってしまった。

お腹が空いていたから。

さて、1月も末。そろそろムカムカするあの季節。

そう。もうすぐやってくるバレンタインデー。

今年もチョコ業界がたんまり稼ごうとあの手この手で新商品を売りつけるのだろう。

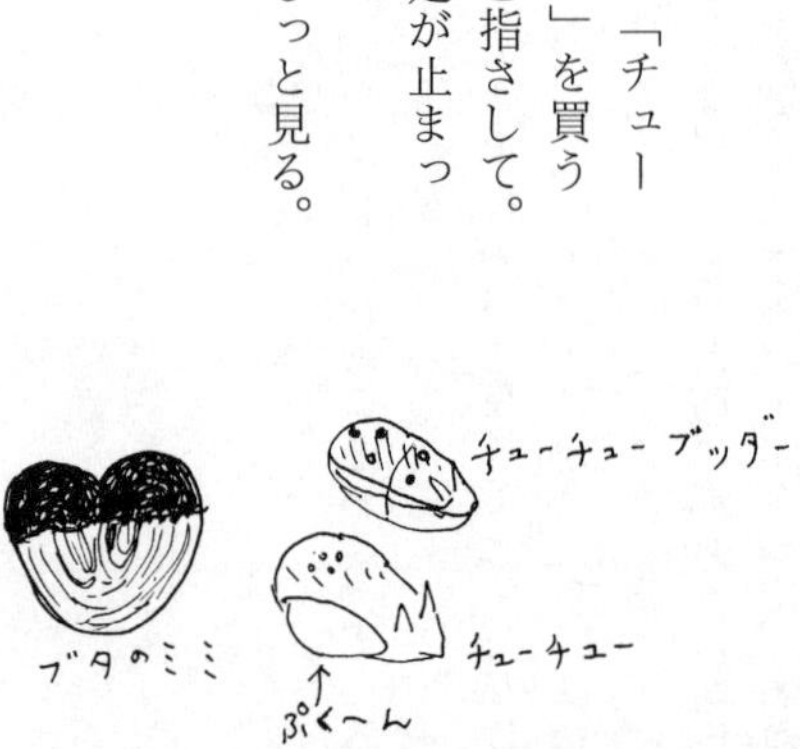

いつもは素通り、もしくは興味本位でショーウィンドウをのぞくだけだが、今年の私は違う。数十年（？）ぶりにチョコをあげる人がいる。ボーイフレンドができたのだ。

その名も、クマちゃん（今はもういない）。

どんなチョコをあげるかはもう決めている。

クマ型チョコ。たぶんあるだろう。いつもちっこいかわいいのがあるから。買うのが楽しみ……。

今日もお腹を空かせて買い物に行ったら、ドイツパン屋に吸い込まれた。具だくさんカレーパンとドーナツを買ってしまった。会計の時にレジでクッキーをじっと見て、それも買ってしまった。そのあと和菓子屋さんで和菓子3個セットというのも買ってしまう。

お腹が空いていたから。

ふたたび買い物へ。今日もドイツパン屋へ吸い寄せられる。

あの死の一角を占めるパン屋。

今週のパンはなにかな……。

ピーナッツバターと生クリームが挟まれてるパンだった。それをお昼にしよう。それとプレッツェルもひとつ。

私の前にいる外国人の男性がプレッツェルを2個買ってる。「いつもありがとうございます」と言われてるので常連さんなんだ。ドイツ人かも。ドイツ人だったら、ここのパンはうれしいかも。


私はすっぱいものが大の苦手。

でもすっぱいものは体にいいというから時々無理をして挑戦することがある。

で、薄めて飲む果実の酢のお店があったので試飲してみた。甘くてまあまあ飲みやすい。で、「ジンジャーハチミツと赤いベリー類」を買ってみたけど、結局家で飲む気になれず、2〜3回飲んだあと、ずーっとそのまま冷蔵庫の中にあって、やがて捨ててしまった。嫌いなものを無理して買うのはよくないなと思う。

昔、小学生のころ、友だちの家に遊びに行って、帰りがけに梅干しをもらって食べたんだけど、ものすごくすっぱくて、帰りながら振り向いて「バイバイ」と言った顔がとても変な顔になってたみたいで「どうしたの?」と友だちがひどく驚いて駆けよってきたのを思い出した。あまりのすっぱさに顔がどうしてもすっぱい顔になってしまったのだ。自分では隠したつもりだったけど、隠しきれないすっぱさというのがある。

ああ。いつもカメラを携帯しなくては。今日はとてもいいものに遭遇したのに写真を撮れなかった。入り口の前に犬がつながれていたのだ。この辺ではめずらしい和犬だった。すっ

ごくかわいかったのに。
ああ。残念。

今日は2月14日でバレンタインデー。でもチョコ売り場はわりあい落ち着いている。みんな事前に買ったのだろう。私も子どもと自分用のをすでに買っていたので、今日は北海道フェアで甘さ控えめのぜんざいやラーメン、スープカレーやジンギスカンを買った。
あと、なんとなく歩いて見に行ったドイツパン屋さんであの板チョコ入りパン（復活していた）。

2月15日。
娘がたこ焼きを食べたいと言うので買い物に。
バレンタインデーは昨日だったから、催し物コーナーに今日からはたこ焼きやお好み焼きがあるだろうという予想のもと。

あった、あった。

ズバリ。勘のよさにひとり驚く。

お好み焼き。寿司。

マグロの巻きずしが食べたいと言うのでそれを買う。待ってるあいだ、娘がツンツンとつつくので見たら、ベビーカーから赤ちゃんの小さな足が見えている。

すごく小さい。極小。生まれたて。そして足の先がほんのりピンク。

かわいい……。

それから北海道フェアに行って、またいろいろ買ってしまった。スープカレー、バターどら焼き、ぜんざい、おかき。

3月になった。もうすぐ春かな。

花粉がたくさん飛んでるそう。

実演販売コーナーをのぞくと、ひつまぶしがあった。

むむ。ちょっと心惹かれる。

いろんなのがあって、おいしそうなのは３８００円。どうしよう。でもふたつ買ったら7６００円か。お昼にしては高い。でもおいしそう。

買い物しながら考えようと思い、先に進む。

スーパーの前の平台にもお昼用のお弁当がいろいろ並んでる。お腹が空いてるからどれもおいしそう。しかも値段は５００円ぐらい。さっきのと比べるととても安く感じる。ひとつ分で7個も買える。じっと見て、ミニカツ丼とチキンカツバーガーを2個ずつカゴに入れる。

ひつまぶしはいつか名古屋に行った時のお楽しみにしよう。


あっというまにもう5月。

昨日、魚売り場でひさしぶりに不敵な面がまえの赤ん坊を見た。

生後数ヶ月だと思うけど、まるでギャングの親分のような落ち着きと隙のない雰囲気。

ベビーカーにふんぞり返ってあたりにガンを飛ばしている。私も、目があったのでじっと見つめた。

眼光鋭い赤ん坊。

お互いに目をそらさない。

「どんなににらんでも、オムツだろう？　お前」

と、私は心の中で微笑む。

「葉巻が似合うようなふてぶてしさだけど、足がMの字にかわいく開いてるよ。社長の椅子に座ってる気持ちかもしれないけど、それ、ベビーカー」

と、さらに心で微笑む。

ギャングの魂の赤ん坊。

かわいいったらない。

お母さんが不審に思うぎりぎりまで見つめ合う。

昨日はそれ以降も赤ちゃんを何人も見たけど、どれも普通の赤ちゃんだった。あれほどの気迫を持つ赤ん坊はめったにいない。

いい赤ん坊と出会えたのでエネルギーが湧いた。

そして今日は6月15日。

過ぎて行きます、日々は確実に。

さて、魚に虫。

みなさんは、魚に虫がいたことはありませんか？

私にはあります。


思えば遠い昔……。40年ほども前。兄が親せきの家で焼き魚を食べた時、中に鮮やかな赤い色の虫がいて驚いたけどそういうものかと思い静かに食べ続けたという話を聞いた。そのことがとても印象的だったので今でも覚えている。

そして現在。

私はいつものデパ地下で、真だらの切り身を買った。明日の子どものお弁当のフライにしようと思って。

朝、冷蔵庫から切り身を取り出し、まな板の上にのせた。

白い身の中に4センチぐらいの赤い紐のような筋がとおっていたのでひきぬいた。するりとそれはぬけた。

まさか虫じゃないよね。血管だよね？　と思いながら、用事があってそこ

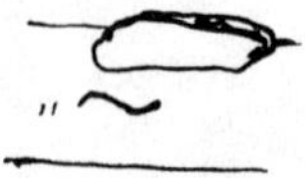

を離れ、2〜3分後に戻って来たら、温度が上がったせいか、その赤い紐が動いていた。

虫だった……。

ああ、ショック。

でもしょうがない。虫もいるだろう。いるんだ。そういうことは普通にあるのだろう。人間の体の中にだっていろんな生物が共存しているというではないか。

で、その虫をそっとビニール袋に入れて捨てて、切り身を小さくカットして、片栗粉をまぶして油で揚げた。

おいしくできたと思う。私もひと切れだけ食べた。恐る恐る……。

大部分をお弁当につめ、残りは夜のおかずにした（息子の）。

ああ。知らぬが仏。

それから魚売り場に行くたびに、真だらの切り身をつい見てしまう。

今日もあったのでじっくりと見た。どこかに虫がうごめいていないか。ひっくり返したりして、さまざまな角度から。

見えなかった。残念。

ヒマな時はドイツパン屋をのぞいてみる。

どんなパンがあるかなあと。

今日も行ってみた。私の好きなねずみの形のプレッツェル。お腹のあたりを切ってバターが挟まったのがある。おいしそう。

でも買わなかった。

私の好きなドーナツ。げんこつ大で茶色で、中がふわふわのなんとかっていうドイツのドーナツは定番の品。シェフがこのドーナツのおいしさに感動してパン屋を始めたとかなんとか書いてある。

これはおいしい。たまに食べたくなる。けど、今日は買わなかった。

見るだけで済んだ。

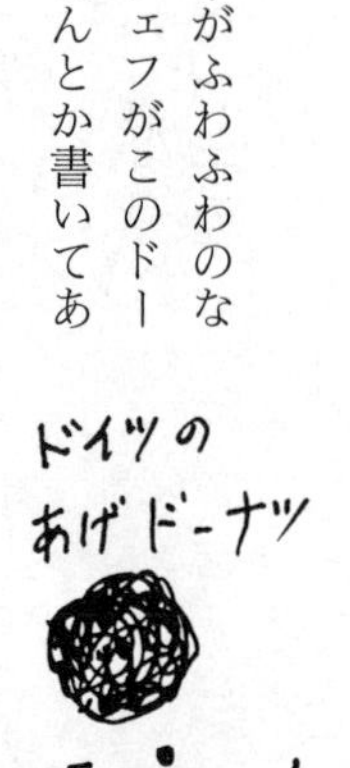
ドイツの
あげドーナツ
クラプフェン
という名だった

それからいつも進むルートは、日本中の名菓が取り揃えてあるコーナー。

とてもおいしそうな小さくてこぎれいなお菓子が並んでいる。最初のころはそのかわいさについつい買ってしまったものだが、甘みの強いお菓子が多いので最近は見るだけで味が想

像できてしまい、こちらも見るだけ。

それから私の好きな、ぶどうひと粒を求肥《ぎゅうひ》で包んだ和菓子のお店。これはおいしいけどひと粒２７０円と高いのでめったに買わない。

その斜め向かいの高級ポップコーンは、おいしいけどカロリーが高そうなので特別な時だけの一品。

その先を行くとサラダ屋さんのＲＦ１《アールエフワン》。

ここのサラダはおいしそう。たくさんの材料を少量ずつ使っているのでとても豪華に見える。なかなか個人でそんなには材料を揃えられない。量産の強みだな……と思う。

ふむふむと見てから、中央の即売コーナーへ。

今の販売メニューは、ひと口餃子、から揚げ、牛肉弁当など。定番の人気商品だ。

焼きたてのひと口餃子を買って晩ごはんにすることにした。これって、いちばん楽な晩ごはんのパターン。子どもも好きだし、ラッキー。


今日も魚売り場で真だらの切り身をチェックしなければ。最近の楽しみなので。

真だらは見当たらないなと思ったら、銀だらの向こうに1パックだけあった。手に取って、上から横から裏からじっと見る。

虫は見えなかった。

次に、あのドイツパン屋へと向かう。

なにがあるかな。別の支店ですごくよく売れていると書いてあったベーコンレタスサンドがあった。食べてみたいけど、これから夕食だからと諦める。今度、昼間に買ってみよう。

私の好きな、パンに板チョコとクリームが挟まれてるのがあった。でも前に食べたのとちょっとだけ違う。パンの大きさや板チョコの大きさが。なぜだろう。それを1個買う。

和菓子のコーナーも見て、サラダも見て、夕食は親子どんぶりに決めた。

今日もつい魚コーナーで真だらを見てしまった。虫は見えなかった。もう今日までにしよう。見るの。

ドイツパン屋でベーコンレタスサンドとドーナツも買って、丸いシナモンロールみたいなのをじっと眺めていたらすすめられたのでついでにそれも買う。

このデパ地下はほとんど把握しているので目新しいものはもうない……と思いながらも、魚が池をひと回りするように惰性でくる〜っと歩き回ってから、エレベーターに乗り込んで地上世界に帰る。

このエレベーターが地下世界と私をつなぐ通路。

私の好きなもの、それは肉を包む油紙。

肉のコーナーには、冷蔵ケースに並んだパック詰めされた肉と、口頭で何グラムと告げて量り売りされるコーナーがある。いつもは簡単なのでパック詰めの肉を買うのだけど、たまに気が向くと量り売りの方へ行く。

そこで肉を包んでくれる油紙が大好き。

クルクルッと肉が巻かれて、最後に金額の書いてあるシールでバシッと留められる。それ

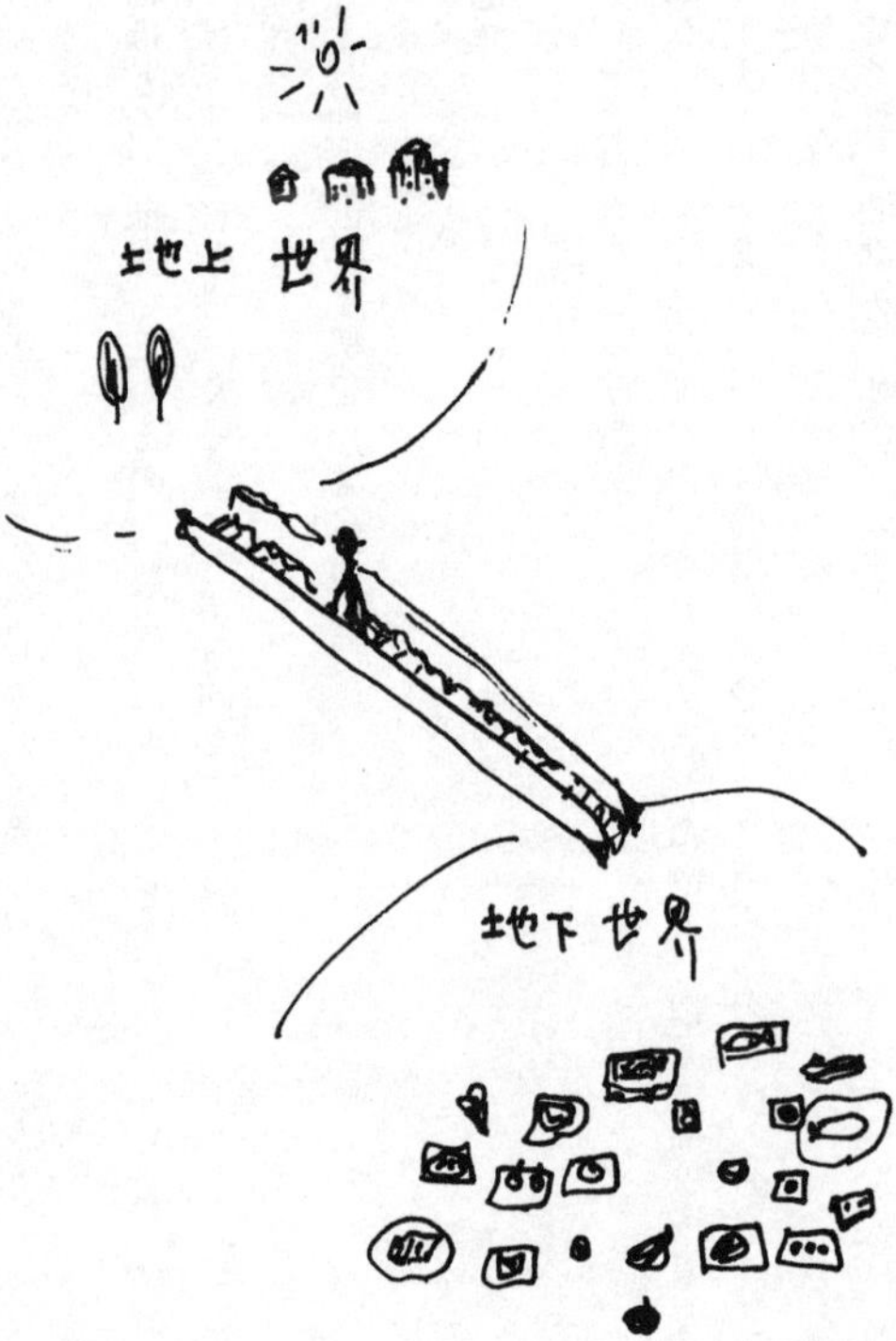
地上世界
地下世界

を家でほどいて、カサカサ感を味わう。

　この片面カサカサ、片面ツルツルの素晴らしさ。合理的で、高貴で、素敵ったらない。

　今日は7月7日。七夕。

雨。

夕方の4時ごろ。

お客さんはまだ少ない。

催し物コーナーをめぐる。

おいしそうなお店が出てる。そこで昨日買ったプリンがおいしかったので、今日もなにか買おうと思う。じっと見て、タピオカ入りココナッツムースと甘いプチトマトのシロップ漬けに決めた。それから豚ロースソテーの前菜。

なんだかやけに大きい紙袋になった。

隣には冷凍のアサイーボウル。試食を食べたらおいしかった。冷たくて。

どうしよう。買ってみようかな。売り場の男性が気弱そうにすすめる。冷凍品なので、「買い物が終わってからまた来るかもしれません」と伝えて去る。

買い物をしてそこに戻ったら、さっきの男性がうれしそうだった。あとで来ると言って来ないことも多いしね。

アサイーボウルを3個買った。すると「今日が最終日ですので」とミニアサイーボウルを1個サービスしてくれた。とたんに恐縮して背筋をのばす。うれしい。

隣は宇都宮餃子。ぼんやり見ていたらサッと焼いた餃子が入った皿を手渡された。大きい餃子だ。

お腹が空いていたので食べることにした。

わりとおいしい。食べてる途中に、お兄さんが次々となにかを脇から皿に入れて行く。ザーサイ、生姜の甘煮、シソのなんとか……。それから水餃子の皿まで持って来た。

「熱いですから気をつけて」

それも食べた。そっちはもちもちしすぎてたので、冷凍の餃子20個入りを買った。

その隣は果物のゼリーだったので通り過ぎて、最後にインドカレー。カレーも買っとこうかな。明日の夜ごはんにしてもいいな。

また試食して（ひよこ豆のカレー）、迷った末にそのひよこ豆のカレーとほうれん草のカレーとナンとガーリックナンを買う。

たくさん買ってしまった。

お腹空いてたからなあ……。

帰りがけに見たまっ白なトイプードル。おじさんが連れてたんだけど、顔の毛をまんまるくカットしてあって、ぬいぐるみのように頭が大きくてムカムカするほどかわいかった。


今日は外食するので息子の晩ごはん用のお弁当を買いに行った。

ふらふら見ていたら宮崎県コーナーがあった。そこで気になって買ったごぼうのチップス「ゴボチ」。

家に帰っておやつにちょっと食べようと思ったらあまりのおいしさに休みなく食べ続け、ペロリとひと袋完食。止まらなかった。

サクサクしていて、味はだし醤油味。おやつというかつまみというか、とにかく好きな味と食感と香ばしさだった（これはそのあと2度買いました）。

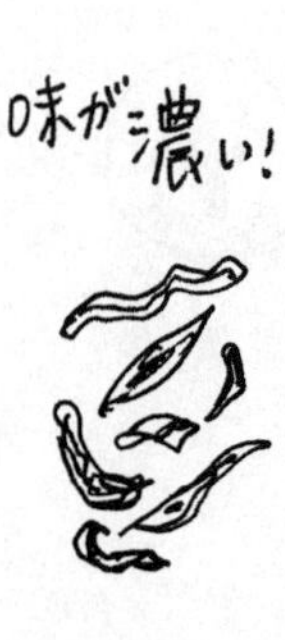

今日は8月1日。土曜日。

ものすごく蒸し暑い。

家では高2の息子が汗だくになってリビングでテレビゲーム。友だちと携帯で話しながら。

いいわねえ……。だらだらした夏休み。

夕方、買い物に出かける。

いそいそと。

いいわねえ……、夕方の買い物って。


外に出たら、まだ暑い。

すると階段を下りたところに、時々見かける巨大な熊のような犬が！

おおう！

その犬を見るといつもその大きさに驚き、感動する。なかなか日本では見られない大きさだから。

で、通りすがりに（一瞬）じーっと見てたら、犬仲間なのか華奢《きゃしゃ》な女性が座り込んでその熊犬をなぜている（その華奢な女性の犬は小さい犬だった）。

ああ、熊犬よ。熊犬よ。あなたはなぜそんなに大きいの？

と心でつぶやきながら、地下のスーパーへ。

そこでワインに合うようななにかを買うために。

生ハムとトマトがあるからカプレーゼでも作ろうかな……と、モッツァレラチーズを買う。

土曜日の午後6時。
なんと、RF1の揚げ物コーナーのガラスケースが空っぽ！

いつもはたくさん並んでいるのに。
すごく売れたんだ！
なんで？
人気で？
予想外の売れ行きにチーフ、やきもきしてんじゃないの？
こんなかきいれどきに空っぽなんて！
二度見したわ。

あっというまに10月2日。金曜日。
さわやかな快晴。
もう秋。
夏は過ぎ去った。
すでにすずしい。
たまに寒いほど。

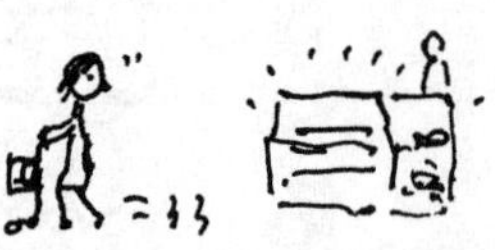

もうすぐにあの寒い寒い冬になる。

おおうっ。

おせちの受付も始まった。

毎日買い物に来ていたけど特に変わったこともなく、目を奪われる出来事もなかった。

どの店の味ももう知っている。目新しいものはない。中央の即売コーナーにたまに知らないお店が出てるぐらい。


晩ごはん、なににしよう……と思いながらつらつらとスーパーを回る。

もうこれにしようかな。簡単だから。

オリーブオイルと調味料で味つけされたヒラメ。それを焼くだけ。

そうしよう。つけあわせの白舞茸といんげん豆も買う。

会計して、時間があったのでお菓子売り場を大きくぐるっと回ってみた。
すると普段行かない奥の方に期間限定ショップがあった。
どれどれ。

「日本橋木屋」。創業寛政4年の刃物の老舗《しにせ》らしい。包丁や台所用品が上品に並んでいる。他にお客さんがいなかったので緊張しながら静かに見る。

土鍋や竹製品もあった。端の方にお玉などの道具類がいくつか下がっていて、台所用品好きな私はついつい近づいてじっくりと見た。

このあく取り、よさそう。

今私が使っているあく取りは普通のやつで、細い金網のすきまに脂がびっちり挟まってとても洗いにくい。でもこれはステンレスのすっきりとした丸い輪の中に網が張られていて洗いやすそう。柄も途中で角度がついていてすくいやすそう。こういう日常の台所用品は日々改良され、どんどん使いやすくなっていくもので、知らないで古いものを使い続けてもいいんだけど、買い直してすごくよかったと思うこともある。昔のものがよくて長く使い続けたいもの、新しいもので重宝するもの、それぞれだ。

このあく取りは買い直した方がよさそう。

他のも見ていたら、みそこしと、穴の開いた押さえるお玉、小さなマッシュする道具もいいなあ。ポテトサラダに。大きいのは持ってるけど、少量の時はフォークでつぶしてるから。それから菜箸も新しいのが欲しいなあ……と、結局いろいろ買ってしまった（金属の道具類はヘンケルス社製品だということがあとで判明。木屋のは菜箸だけだった）。

奥のコーナーには栗むき機があって、「よかったら試してみてください」とかわいらしい女性が言い、お試し用の栗が数個置いてある。おずおずと試す。あまり力を入れなくてもむけた。でも、栗の皮をむくことって年に何回もないなあ。１回もないかもしれない。

竹製品のコーナーで気になったものが。

それは巻きずし用の巻きす。今まで欲しいと思ったことはなかったのに、急に心が惹かれた。これでネギトロ巻きを作ったり、かっぱ巻きを作ったらおもしろいかも。だし巻き玉子も形を整えられる……。

ずいぶん眺めて、考えて、とりあえず今日のところは買わなかった。ちょっと考えよう。

静かにそこを離れる。

そしてドイツパン屋さんでふと目に入ったマヨネーズパンを買って、今日のお昼ごはんにした。

今日もぷらぷらスーパーを歩いていたら、人のいないエレベーターの近くの通路で若い女性がふたりでなにやら試食をすすめてる。

どうしよう……。

買わないものの試食はできるだけ避けたい、と思いながらササッと足早に通り過ぎようとしてチラリと商品を見たら、それは私がちょっと気になっていたものだった。

それというのは「乾燥きのこ」。そのままたべるきのこ、と書いてあって、500円ぐらいで四角い箱に入って売っていたのを思い出した。しばらく前に、これなんだろう、どんな味なんだろうと手に持ってじっくりと見たんだった。

なのでこれは味見しようと思い、立ち止まってすすめられるままに手をのばす。まずは細い棒状のやつ（やなぎまつたけ）。サクサクして、ほんのり甘い。

「これは……おやつですか？　おかずですか？」

「おやつですよ。すこし甘さがついてます」

次にキクラゲ。パリパリ。

そして「この椎茸、食べてみてください。本当に椎茸の味がするんですよ！」というので、椎茸の味ってあまり好きじゃない……と思ったけど、食べてみた。すると確かに椎茸の味。

「本当に椎茸の味ですね」といいながら、チラシだけいただいた。

ふうむ。

椎茸の味がした。確かにした。でも、これをおやつに食べたいとは……。


10月といえば、いちばんさわやかな時季。でもなんだか急に寒くなったよう。

今日もトコトコ、晩ごはんの食材を買いに行きます。

中央の即売コーナーを見てみると、有名和食店「S」のお弁当とお惣菜が並んでいた。

今夜はこれにしようかな。5時ごろなのにもう半分ぐらいが売り切れ。さすがに人気の高さがうかがえる。隣の高級ハンバーガーは苦戦している様子。呼び込みの声が何度も聞こえた。

季節野菜のジュレがけや手羽先など4種類ぐらいを頼んで、会計する。売り場のおじさんがレジまで行ったり来たり。後ろには待ってる人もいるのに何度も間違って3回目ぐらいでやっとできた。おじさん、こういうの慣れてなさそうだった。

おもしろかった。

今日はいつものパン屋さんじゃなくて敷地内の別のパン屋さんに行ったら、老夫婦と5歳ぐらいの男の子がいて、その男の子の髪の毛は金髪で、やたらとそのへんのパンをつかもうとしている。おじいさんが「さわったらだめだよ。買わなきゃいけなくなるから……」とオタオタしながら言ってるんだけど、その男の子は英語しかしゃべれないようで次々とパンに手をのばしてる。そのたびに後ろからオタオタ声をかけるおじいさんたち。

たぶんお孫さんなのだろう。娘さんが外国の方と結婚してできた孫で、今日は子守を頼まれたんだ（想像）。でも英語が話せないから注意もできず、強く叱ることもできずに、男の子は手当たり次第に触りまくってる。

私が横目でチロンと見た時には、まるいパンをわしづかみにしていた。

さすがにそれはおじいさんが自分のトレイにのせていた。次につかんだ細長いミルクフレンチっぽいのはビニールが巻いてあったのでのせてなかった。

子どもは次々とつかみ倒し、老夫婦は後ろからやさしく日本語で声をかけるだけ。

ほあ〜。もうつきあいきれんわ（つきあってないけど）。

私は、まだその子につかまれていない方面にあるパンを2個、パパッとトレイにのせてさっさとレジに向かったね。

おじいさんたち、その孫を放し飼いにしすぎ！

パンを素手でつかますなよ！　言葉が通じないんだったら、孫の腕をぎゅうっとつかむんだよ！　強く、ひたすらに。

10月も半ばを過ぎると街も冬支度にいそがしい。
もう街路樹にイルミネーションの飾りつけをやってる。美しく。

もう冬だよ、冬。

1年がたつのは遅いね〜(みんな早い早いと言うので逆を言ってみた)。

昨日、特設会場でモンブランケーキを売っていた。離れて見ていると、ショーケースにはたったの2種類しか並んでない。濃い色のモンブランケーキと、ミニモンブラン。

どうやらパリのおいしいケーキらしかった。

そこで私も近づいて、2個買った。色の濃いやつを。

実はこのモンブランケーキには色が濃いのと薄い黄色のがあって、薄い黄色のは和栗で、数も少なくて人気なのですぐになくなるのだと店員さんがいう。予約される方もいらっしゃいます、と。

濃い色のはまだ100個ぐらいあった。ロールケーキもあるみたい。

家に帰って食べてみたら、とてもおいしかった。中はスポンジではなく生クリームで、底にサクサクした白いメレンゲが敷いてある。

私は、ケーキはそれほど好きではないけど、これはおいしいと思った。

で、今日までやってると言ってたので、今日も近づいて見てみた。

濃い色のは100個ぐらいあったけど、薄い黄色の和栗は3個しかない。

おお。

また買おうか。

でもロールケーキもいいかなと迷う。濃い色のモンブランはおいしいことはわかってる。

いっそのことロールケーキと和栗のモンブラン両方にするか……。

私の前にふたりの人が並んでいて、最初の人が和栗を1個と濃いのを1個買った。

残りは2個。

次の人が、1個買ったら1個残る……と思いながら祈るように静かに立っていたら、次の人は3個注文し、内訳はなんと和栗2個と濃いのを1個だった。

ガックリ。

私の前の人で和栗完売。

私はくやしさを見せまいと、最初から決めていたような顔をして「ロールケーキひとつ」と告げる。

ああ、残念。

家に帰ってロールケーキを食べてみたら、昨日の濃い色のモンブランの方がだんぜんおいしかった。やはりモンブランの方を買うべきだった。

無念なり。

無念なり…
ううっ
それほどでもないっ…
ロールケーキ

あら！

もう11月下旬。時のたつのは早いね～（みんな早い早いと言うので真似《まね》して言ってみた）。

今日も買い物へ。

最近レジに新しく入った人でとても丁寧でやさしく、感じのいい人がいる。その人に当たるとうれしい。

機械的で単調で、ロボットみたいなしゃべり方の人もいて、その人の声も遠くに聞こえる。

ＲＦ１のサラダをのぞいてみた。

まるごと玉ねぎのローストというのがおいしそうだったので買ってしまった。ワインのおつまみにしよう。ずらりと並んだロースト玉ねぎがたくさん。

特設売り場ではフレンチ特集。最近テロ事件があったフランス。

その前から決まってたのだろうけど、なんともタイムリー。冷凍グラタンなどいくつか買う。


外はすっかり年末ムード。クリスマスツリーに街路樹のライトアップ。クリスマスツリーのまわりにあまりにも人が多いので、人のいない暗がりをさがして歩く私。

クリスマスなんて関係ないわ。もう。

でも静かでシーンとした夜はいい。

すっきりと冴えわたって。

漆黒の夜空が果てしなく広がる。

今日は12月23日。
休日。
クリスマスイブの前日なので買い物客でスーパーはすごい混雑。
特に目立ったのがベビーカーを押す夫婦。今日は旦那さんも駆り出された様子。

こういう時には必ず大声で泣き叫ぶ子どもがいる。今日もいた。ものすごく気になる声で断続的にわめいてる。すごく嫌がってるような声だ。
私は今日の夕飯の買い物に来ただけなので、決めてるものをさっとカゴに入れて買った。
これほど混むのはひさしぶり。
だけど大みそかはもっと混むので、お正月の食料は計画を立てて買おうと決意を新たにする。

今年の冬は暖冬かと思ったら急に寒くなって雪も積もった。

今日もスーパーに行って、野菜売り場を通った。トマトのあたりを通過しようとしたら、前のカゴに細いニンジンが8本ぐらい袋に入って並べられていて、それを見た30代らしきカップルの女性が「えっ！　なんで、なんでここにあるの？　これ、すっごくおいしいんだよ！」とものすごく驚いてる。

あまりにも興奮しているので私も気になって、近くの野菜を見ているふりをして話を聞く。そのニンジンは細くて小さくて葉っぱが長くついているニンジンで、皮ごと食べられてとても甘いのだそう。

カップルがずっとそこから動こうとしないので、私はたまりかねて、今通りかかったような顔をしてそのニンジンをひと袋つかんだ。

レジのところで会計しようとしていたら、まだカップルはそこにいて係の人に話まで聞いている。農家の方から直接仕入れています、なんて言ってるのが聞こえる。市場にはあまり出回っていないのだそう。

へえー。

家に帰ってさっそく食べてみた。

そんなに甘くもおいしくもなかった。

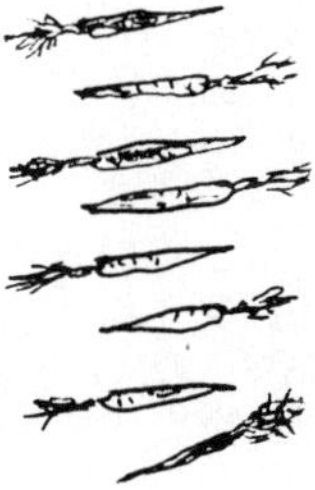

今日は、果物売り場で若い女の子が伊予柑の試食販売をやっていた。ここではめったに見かけない大学生ぐらいの年ごろで純真な感じだったので緊張して足早に通り過ぎた。しばらくしてまたそこを通りかかったら、もうひとり、慣れたようなおばちゃんの販売員がいて、通りがかりのおばあさんに試食をすすめてた。そして「今日はこのピーラーもプレゼントしますよ」と言いながら手際よくみかんの房をむいている。

聞きつけた私は立ち止まり、遠巻きに見た。

あのピーラー、よさそう。いつも私はハサミで切ったり、いろいろ苦労しているから。

いったいどういう仕組みになってるんだろう。

おばあさんが買わずに去って行ったあと、気になった私は近づいて「そのピーラーってどういうのですか？」と聞いてみた。

おばちゃん販売員はちょっと面倒くさそうにしながらも説明してくれた。へた取り、厚皮むき、薄皮むき、と3つのことができる便利なものだった。

私は「買います」、と言って伊予柑の袋を持ち上げた。

おばちゃんがその「マジック・ピーラー」とウェットティッシュをおまけにくれた。


家に帰ってさっそく使ってみた。

するとあのおばちゃんみたいに上手にできない。全然ダメ。伊予柑の房は浅いV字型にへこんでいるので、その部分にカッターの刃が届かないのだ。コツがいるのだろう。

むむむ。

いつも犬がつながれているところじゃなく、
通路の椅子とテーブルが置いてあるその椅子に、
今日はミニチュアダックスがつながれていた。
ボーダーの服をぴっちりと着せられてる。
そしておとなしく座ってる。
かわいすぎて、ちょっとだけムカムカする……と思いながらその服のしましま具合をじっ

と見る。

さて、このデパ地下スーパーは駅から離れているせいか混んでいなくて、お店にとっては不本意だろうが私にとってはちょうどいいゆったりさ。

のんびりと買い物できる。

さすがににぎわっているお店の魚の新鮮さや安さにはかなわないけど、私にはこれでいい。

でも、最近、近くの駅ビルが増設されて、地下に大きなスーパーができた。

ライバル出現！

これからどうなるのだろうと心配になる。

そして私はその新しいスーパーにいそいそと通い始めた。

品ぞろえが違うのでとても楽しく、あれこれ気になる。

しばらくはワクワクしていたけど、１週間ほど通って、やっぱり近くのここでいいかと思うようになった。

あの新しいところは駅を通った時についでに行こう。あそこはにぎわっているから大丈夫。

なので落ち着いた私は、変わらずこのスーパーに通ってる。

あだ名を考えよう。

「私の冷蔵庫」

だってすぐ近くだし、家を出てトコトコ歩いて2～3分、ふたつ目のエレベーターが開くとそこはスーパーの魚売り場。これほど便利なことはない。

毎日たくさんの従業員の方が品物を新鮮に揃えて、保存してくれている。

私の冷蔵庫。ありがとう。従業員のみなさん、ありがとう。


この近くにおしゃれなバレエ教室がある。

なので時々、バレエをやってるんだなと思われる髪型の女の子（ピッチリとしたお団子）とお母さんが買い物してる。

今日もいた。

5歳か6歳ぐらいの女の子ふたり。姉妹なのかふたごか。細い体に白とピンクのぴっちりとしたかわいい服を着こんで髪を

小さくお団子にして、「私はピンクー！」と子ども用買い物カゴを取って行った。

こましゃくれた感じがとてもかわいらしく、私も心の目を細めて眺める。


今日見たら、あの有名な和食屋さん「S」のお惣菜とお弁当売り場が常設になっていた。

まあ。どんな味だろう。人が群がっている。オリジナルの工夫を凝らした惣菜が並んでて、お値段は高め。

しばらく待って私もいくつか買った。

家に帰ってさっそく味見したら、味はそれほどでもなかった。

試食

最近の私の小さな挑戦は毎月の支出を減らすこと。

今まであまり考えてなかったけど油断してると必要のないものまで買ってしまう。気を引き締めて、必要なものだけを吟味して買うというようにしたい。毎月のカードの請求額も低いとうれしいしね。

スーパーでも、ちょっとぼんやりしてるとついつい必要のない瓶詰の珍味などを味見と称して買ってしまう。そういうことはもうやめたい。

毎日持って行くおサイフに入れるお金も少なめにしよう。入れとくとすぐになくなっちゃうから。1万円札からどんどん先にね。

ちゃんと考えたら必要のない飲み物やチーズや鮭ほぐしやお菓子を買わないように。

今年（2016年）は猛暑。

37度、38度、39度と毎日あちこちで記録される。

私はだいたい家にいるのであまりわからないのだけど、さっき買い物に出たら、ぶおぁーっと熱風に包まれた。

これか。

日陰でもこんなに暑いのなら、直射日光の下はどんなにつらいだろう。

と思いながら地下のスーパーへ。

ここはすずしい。というか、一年じゅう温度は一定。

ある意味、パラダイス。ある意味、死後の世界。


今日はなににしようかな……。

ビーフシチューを作ろうと思っていたけど、時間がかかるなあと思い、交ぜるだけの鶏ごぼう飯にした。これは簡単でわりとおいしい。しかもお米3合分なのでたくさんできる。それと、もずくスープとサラダにしよう。

買い方も控えめに。

今日は少なく終わりそうと思ったけど、レジに並んでる時についつい必要のないカップラーメンをカゴに入れてしまった。子どもの緊急用に。


マスカットを求肥で包んだあのおいしくて高いお菓子屋の前を通る。

いつも試食が置いてある。半分にカットされて。4個で1000円ぐらいだからそれだけでも100円以上する。いつか特別な時に食べようと思う。

ドイツパン屋にひさしぶりに行ってみた。チューチューもげんこつドーナツも健在。

トースト用のシンプルなパンを買う。


私は買い物する時は、左右を見ずに、人も見ずに、瞑想状態で店内を移動する。

あそこであれを買って、こっちでこれを買って……。あと、新しいものがあれば目を留めて。

動線を短くするために近いところから最短距離で進むこともあれば、考えを深めるためにあえて何度も同じところを繰り返し大回りすることもある。

スーパーマーケットはいい瞑想道場でもある。


ああ。

今日は、今日と明日2日分の食材を買おうと思っていて、出かける時にサイフの中をチラりと見た時、足りないかも、ギリギリだと思ったけど、まあいいか足りなかったらカードで買おうと思って家を出た。

そしたら、おかずはギリギリ買えて、残りが１０３円というぐらいにぴったりで、それはよかったんだけど、おやつをどうしよう。このところ連日テレビでオリンピック観戦をしていて、なにかちょっとつまむものでも欲しいなと思ってるんだけど。

お菓子売り場をウロウロして、このひと粒マスカットも食べたいし、味が濃いけどたまにはポップコーンもいいなあ……と迷う。でも、１０３円しかない。カードで買うのにあまり安くては気が引ける。

なので考えた末、日本の名菓売り場でまとめて買うことにした。

柚子こしょうおかき、黄金芋、ぬれ甘なっとう、リンゴの蜜煮のほろにがチョコレートがけ。これで合わせ技一本、３４１９円。カードで購入する。

ひと粒マスカットも食べたかったなあ。

現金がないと何を見てもぐっと我慢。買えないと思うと何もかもがおいしそうに見えた。いつもなら興味もなく素通りするお菓子まで。

自分が変わると世界が変わる、のいい例。

今日は、すこし心残りのある買い物だった。

たまに買うハム屋さんでのこと。

ワインのつまみに奮発してフォアグラ入りテリーヌでも買おうかなあ。日曜日だし、夕方からゆっくりオリンピックでも見ながら食べようかな。このリンゴとプルーンのワイン煮も買おうかな……とじっくり見ながら考えていた。すると隣で「これください」とおばちゃんがショーケースの中の骨付きハムの切り落としパックを指さした。

あ、そういうのもあったんだ。

分厚くスライスされていて、いいぐあいに白い脂肪も入っておいしそう。私はハムの白い脂肪のところが好き。さっき他のお店で普通のパック入りスライスハムを買ったんだけど、あれは10日ほどもつだろうからこの切りたてのハムも買おうかな。

うーん。

決心がつかず、いったんそこから離れて豆腐などをカゴに入れて店内をうろうろ歩きながら考える。

やっぱり、買おう。

日曜日だし、ゆっくりとのんびり気分で食べよう。

この昼下がり。幸せタイムとして。

で、ふたたびそこへ戻って、さっきの3つ（フォアグラ入りテリーヌ、リンゴとプルーンのワイン煮、骨付きハムの切り落としパック）を注文した。すると店員さんがハムの切り落としのパックをショーケースからひとつ取り出して「こちらでよろしいですか？」と聞く。

見るとそれは、上から2番目にあったもので、私がおいしそうと思った厚切りではなく、また脂肪もあんまりおいしそうな入り方じゃなかった。これは違う……と思ったけどとっさに「あっちのを」と言えなくて、「……はい」と答えてしまった。

しゅん。

すばやく会計をする店員さん。私は心残りの気持ちでケースの中のハムを見て、私が買うことになった、ケースの上に置かれたハムと見比べる。

やっぱりあっちの方がおいしそう。こっちのは厚さも形も普通だ。これだったら買う気もおきなかっただろう。

悲しい気持ちで品物を受け取る。

帰り道も落ち着かなかった。

買い物も決断力や反射神経が試されるなあ。

次は「あっちのを」と言おう。

あっちの

ひさびさにいい赤ん坊を見た。

おしゃれなママがお友だちと楽しげに立ち話をしている。傍らのベビーカーにのんびりとした顔で寝ころんでいたその赤ん坊は、両足をVの字にひろびろと広げ、足首をベビーカーの縁に左右対称にちょこんとのせていた。

その柔軟性のある座りポーズ、今しかできないね〜。

赤ん坊ならでは！

と、私はすれ違いながらふり返って、最後の最後まで名残り惜しく見送った。

ベビーカー
足をV字びらきの
赤んぼう

本当に赤ん坊特有のしぐさや動作はかわいい。他人なのでじっくりと近づいて見ることができないだけになおさら遭遇した瞬間の喜びをかみしめる。

自分の子だとこういうふうにすれ違いざまという躍動的なシチュエーションで観賞できないので、他人ならではの醍醐味《だいごみ》だ。

他人ならではの醍醐味。

そう。そういう醍醐味はたくさんある。

人の恋愛話のもつれや苦しみ、金銭トラブルや喧嘩などを冷静に見て教訓とできるのも、他人事《ひとごと》ならではだ。

他人にふりかかる事件も真摯《しんし》に受け止めて、しょせん他人事などと思わず、また恐れすぎることもなく、謙虚に受け止めたい。

そんなことを考えながら魚売り場に向かっていたら、売り場の4分の1ぐらいがガラ空き。

なんで？

ああ、そうか！

昨日から台風が接近していて、海は大荒れ、飛行機も欠航というニュースを見た。

台風で海が荒れて魚が水揚げできなかったのか。それほどに新鮮な魚がここには置いてあ

台風で 魚が いない…

ったのかと、逆に見直す。

わずかにあった鯵の三枚おろしを買う。みりんと醤油でかば焼きにしよう。

台風も過ぎて、今日は魚売り場にも今までの活気が戻っている（とはいえいつものように控えめな活気だが）。

あさりのお味噌汁を作ろうと思い、貝売り場に向かう。

トコトコトコ。

貝はあるけど売り場に人がいない。

どうしよう。台の上のあさりはピューピュー水を吹いている。

見渡すと台のはしっこにビニール袋に小分けされた貝が値札を貼られて並んでいた。これを買おうか。でも、このカゴの中でピューピュー水を吹いている方が新鮮そう。ビニール袋の方を触ってみたけど様子がよくわからない。元気があるのかないのか。

待とう。

でもピューピュー吹いてる方も管が長くのびきってへたってるように見える。大丈夫なのかな。すごく苦しそうだけど……。この状態ってどういう……。

しばらく待ったけどだれも来ない。

ふと見ると目の前に紙が貼ってあって、「しばらく留守します」と書いてある。

お昼か。

しょうがないので小分けされたあさりをカゴに入れた。

家に帰って作ったあさりのお味噌汁は、おいしかった。

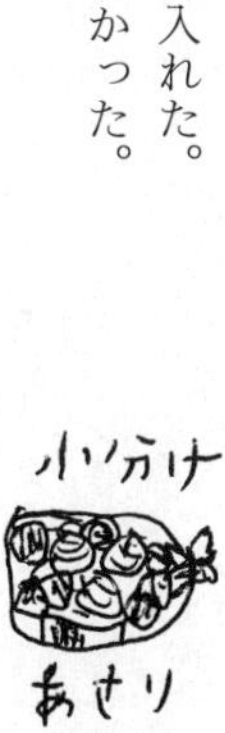

いつものごとくあまりパッとしない地下の食品売り場にたたずむ私。

角にあった店がいつのまにかなくなってる。たしかお米や煎餅の店だった。空いたスペースに今はベンチが置かれ、女性がひとり、携帯をいじってる。

奥の店もなくなってる。そこはなんだったろう。

思い出せない。今はテーブルと椅子が置かれ、子どもが遊んでる。

まわりはガランとしている。

次々にお店がなくなるのは寂しい。早く次のお店が来てくれないかな。が、そうわがままも言ってられない。状況を受け止めよう。なのでまだあるお店でおとなしく買い物しよう。あるだけでもまし。ありがたいわ。

いや、思い出した。私はここのゆったり感が好きなんだった。

にぎわいと新鮮さよりも静けさと落ち着き。ここは私にぴったり。それに混みあう年末と土日連休はできるだけ避けているから、思ったよりも繁盛してるのかもしれない。にぎわっているのかもしれない。私の知らない時に。

そう願う。

そうだ。今日は紅茶を見るんだった。

私はたまに紅茶を飲む。

去年お土産にいただいた紅茶を時々飲んでいて、「これはあんまりおいしくないなあ。でも今はこれしかないし、しょうがない」と我慢して飲んでいた。小さな箱にやけにいっぱい詰まってるなあ、早くなくならないかなあと思いながら。

でもこのあいだ、いくらお土産にもらったからって我慢しておいしいと思わないものをいやいや飲まなくてもいいんじゃないかと、ふと思った。

すでに賞味期限も切れてるし。なので残り3パックだったんだけど思い切って捨てた。

よし。

おいしい紅茶を買ってこよう。アールグレイが好きだから。アールグレイにしよう。


いつもは前をササッと素通りする紅茶専門店にまっすぐに向かう。

アールグレイだけでも6種類ある。値段もさまざま。

買うならこれかなあ……と考える。店員さんが「ご贈答品ですか？」と声をかけてきたので、あいまいに返事する。

なぜかなんとなく決めかねて、そこから離れた。


私ってそんなに紅茶が好きかなあ……。最近はあんまり飲んでないよね。

と思いながらスーパーマーケットに入ってカゴをつかみ、今日の買い物。

いろいろ買って、お茶コーナーに来た。

そうか、ここでも見てみよう。

ふむふむ。

そんなに高くない。こういう馴染みのでもいいかなあ。気楽に買えるし。

そういえば私が今までで好きだと思って名前を覚えてる紅茶は無農薬の「ケニア紅茶」っていうのだ。袋に人のイラストが描かれてあった。葉っぱが丸い粒つぶで、味や香りがとても好きだった。ミルクティーにしてもおいしい。またあれを見かけたら買おうとぼんやり考えながら、とりあえず今日のところはトワイニングのアールグレイの缶にしようかなと手に取る。

チラリと他の棚を見ると目新しい紅茶がいろいろある。パッケージも素敵。

でもフレーバーティーはやめよう。匂いがよくて華やかな印象だけど、いつもなんか味に手ごたえを感じないから。

うん？　これは？

梨のチップ入り紅茶だって。へー、めずらしい。

興味ある。

でも……、だめだめ！

そう。変わった紅茶は失敗する可能性が高い。好きなアールグレイにした方がいい。

知ってる味がいいよ。

いや、ちょっと試してみようか？

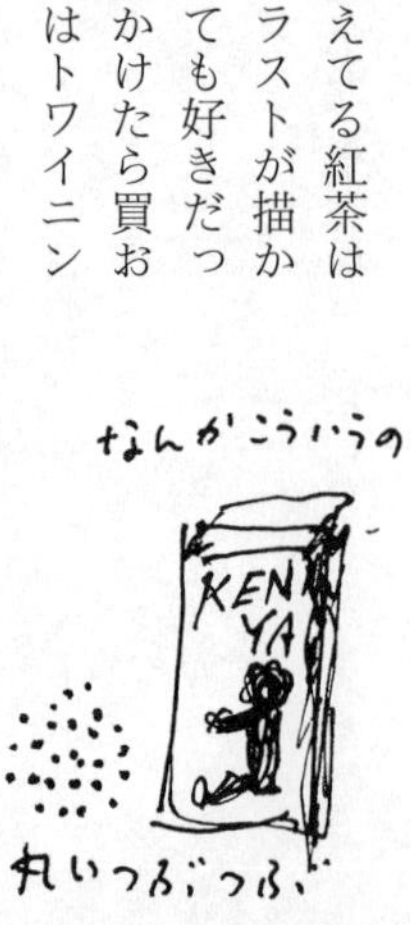

で、その梨の紅茶、買って帰ってさっそく飲んでみました。

……まったくなんの味もしないというかなんというか。まるでお湯。

アールグレイにすればよかった。

「ケニア紅茶」をひさしぶりに思い出したので探してみようっと（さっそく注文しました。

そして届きました。丸い粒つぶという記憶だったけどこなごなだった。ミルクティーにいいらしいのでそれを作ったら、まあまあおいしかった。そしてその後にわかったことは、ケニア紅茶にもいろいろ種類があるということ。丸い粒みたいなのもあるみたい）。

有名和食店「S」のお惣菜屋さん、今はどうなってるかな？　と見に行く。

見たところそれほど繁盛している様子はない。私もお昼用にお弁当を買ってみた。

味は、……おいしいと思わなかった。

うーん。ここは、時間の問題かも。

店主の顔写真が大きく宣伝用の看板に印刷されているところがすでに一流とはいえないと

思う。


あのドイツパン屋はどうかな。

と、遠回りして見に行く。

健在だ。品ぞろえも変わらない。私はこれといって買いたいものがなく、すこしだけ眺めてそこを立ち去った。

いつまでも、そこにあってほしい。

そして、たまにクリーム入りコッペパンやドーナツを買いに行きたい。

和菓子コーナーはどうだろう。
ある一角に置いてある和菓子は、昔ながらの和菓子が驚くほど洋風におしゃれにアレンジされている。どれも小ぶりで高価でパッケージも凝ってる。

値段&おしゃれ度と味は反比例するのかと、ここのものを買うたびにいつも思うが、創意工夫の努力は認める。

お土産にいいかも。小さくて美しいので。

その向かいの高級ポップコーン屋。最近は素通りしてるので私には壁化していたが、見るとまだある。あまりの味の濃さに、ひと口ふた口はおいしいけど、やがて飽きてくるのが玉に瑕《きず》だった。いつかまた食べたくなる時が来るだろうか。

通路を歩いたその奥には、私が一時期凝っていたタイ料理屋。蒸し鶏のしょうがライスのっけがある。とても好きでよく食べていた。

そして今日見た赤ん坊は、花柄のひざ下までのパンツ。ぱっつんぱっつんで、とてもかわいらしいその足。私はそのパツパツの足しか目に入らず、顔も、お母さんも、まわりの景色も、よく見えなかった。

ぱっつんぱっつんにつまった赤ん坊足の、なんというかわいらしさよ。

人生は。

生きているといろいろあるけど、今この時、目の前のことしか実感できない。

今がどうか。

それがすべてだ。

昨日や明日じゃない。今のことしか心は感じられない。

それは、厳しいことのようであり、救いのようでもある。

なにもとっておけないということには、やすらかな平等さを感じる。

何ヶ月もご無沙汰した。理由は、特に書くことがなかったから。

でも！

しばらく心惹かれるお店がなかったけど、最近、現れました。

数ヶ月単位でくるくる変わるエレベーター脇のエリアに。

この場所に出店するお店はたぶん短期のお試しなんだろうと思われる。

その店というのはブルーベリー専門店。カナダのブルーベリーを使ったスムージー、シャーベット、アイスクリーム、ブルーベリーマフィン、ブルーベリーがいっぱいつまったパイ、シフォンケーキ、ブルーベリーのはちみつ（透明と白濁の2種）など。

最初に発見した時、「あらっ」と思った私はおずおずと近づいて、静かにじっと見た。お店の方に話しかけられたので、小さくなって、試食の少量のスムージーをいただく。おいしかった。

まずは試しに、買いやすいブルーベリースコーンをひとつ購入した。

家に帰ってすぐに食べる。

ブルーベリーがたくさん入っていた。たぶんおいしいと思う。けど私はスコーンはそれほど好きじゃないのだった。つい買いやすさにつられて買ってしまったが。次はスムージーを飲んでみたい。

数日後。

はちみつ2種と、スムージーを買う。

ブルーベリーパイもおいしそうだった。でも大きなホールしかなかった。小さく切ってるのはないのかな。

「これはこの、大きいのしかないんですか？」と聞いたら、そうだって。

ふうん……と思い、じっと見てたら、「このままでもおいしいんですけど、温めるとトロッととろけてよりおいしいんですよ〜」と言う。

気になりつつ、スムージーを飲みながら帰る。

スムージーはおいしかった。

ここの商品は人工的な甘みを加えずに作っていて、すべてブルーベリーだけの甘さなのだそう。気になっていたアイスクリームの試食をさせてもらったので、次はアイスクリームに挑戦したい。

家に帰って、もらったパンフレットをじっくりと眺める。その中のブルーベリーマカロンの写真がとても気に入り、切り抜いて今年の手帳の表紙に貼る。

お店の店員さんが大人の男性、大人の女性、若い女性で、家族なのかな？　と思った。みんな素朴でいい感じ。ここではめずらしい素朴さ。
私が「前に買ってよかったから来た」と言ったら、とてもうれしそうだった。
いったいどういういきさつでこの人たちはここに来たのだろう……、苦労してるのかも
……といろいろ妄想してしまった。

今日はアイスを買った。ブルーベリーのシャーベットとミルクのダブル。そのミルクの甘さはブルーベリーのはちみつを使っているのだそう。自然で安心。

また食べながら帰る。

おいしい。

ブルーベリーが濃くって。

他にもブルーベリーヨーグルトとミルクブルーベリーというのもあったので、次はその組み合わせで食べよう。

あの素朴な家族（違うかも）が気になる。

あの一角はあまり長続きしないエリアだから……。

がんばれ。

ブルーベリーパイも、ホールだから買いづらいけど、食べてみたいとチラリと思う。

次は買うか。

思い切って。


今日もまたいそいそと、ブルーベリー屋さんへ。

このあいだ考えた違う組み合わせのアイスを買った。ブルーベリーパイは、じっと見て、大きいからどうしようと迷い、保留。

アイスができるあいだに、お父さんが小さなカップに入ったブルーベリースムージーの試飲をすすめてくれたので、飲む。おいしい。

私のジム仲間にこのお店のファンがいて、会うたびにいろいろ話しているのだが、この人たちは家族なのか？　という疑問についに答えが出た。

聞いてみたのだそう。

するとやはり家族だった。

お父さんとお母さんと若い娘さん。

3人とも素朴でとても一生懸命なので、こちらもついつい気持ちが入ってしまう。商品がおいしいのがいちばんの理由だけど。

こうなると、ブルーベリーパイが次の関門。ホール売りだから。4分の1ぐらいだったらすぐに買うのに……。

もっと高い山というのが実はあって、「本日のフレッシュベリースムージー」というの。フレッシュなベリーが何種類か陳列されていて、価格は「時価」。

ええっ！

時価って？

寿司屋か！

いくらなの？

そっちで決めて書いててほしい。

なんでも自分で自由にベリーを組み合わせることができて、主に選んだベリーの価格によって決まるとかなんとか。複雑。

なので気になりつつも手が出ない。あれはこの店の最大の山、エベレスト。

憧れて、いつもチラチラ目が行ってしまう。

今日もチラチラ見てしまった。


今日も行ってきました。ブルーベリー屋さん。

娘さんに、ブルーベリーパイとアイス4種とスムージー2個をお持ち帰りで注文したら、「お時間がかかるかもしれませんので」と、アイスを1個タダでもらって近くの椅子で食べながら待つ。購入しなかったラムレーズン入りのアイスだった。うれしい。

そういえば、あのフレッシュベリースムージーを友だちが飲んだらしい。1000円だったって。味はベリーの粒つぶが感じられておいしかったけど濃厚すぎたと言っていた。

そうか。もういいかな。


家に帰ってパイを食べたらおいしかった。アイスは冷凍庫に。

これで食べたいものはほぼすべて食べたのでひと安心。

気が済んだ。

私の友だちふたりとも、このお店に行って、いろいろ質問したみたい。このデパートは駅からも離れていてお客さんが少ないので、地下の食料品売り場も人が少ない。週末はまだ家族連れが来るけど、平日はサラリーマンがランチを買いに来るお昼どき以外はガラガラ。新しいお店が出店してもすぐに消えて行ってしまう。とくにこの店のような専門店は難しいだろう。常連さんがひととおり興味本位で買ったあとは、パタリと買い手がいなくなる。通りすがりのお客さんが少ないから。

なので「大変ですね〜。ここ、人がいないから」と、ふたりとも同じように別の時に声をかけたというので笑った。困り顔をしていたらしい。

そういえば今日の娘さんの表情が暗かったような。私の思い過ごしだったらいいけど。いい家族だけに気になる。

入り口の前に時々、犬がつながれていると書いたが、その犬が盗まれたらしい。

やっぱりね。あまりにも無防備だったからなあ。

悪い人もいるものだ。

貼り紙がたくさん貼ってあったって……。飼い主の心痛やいかに。

かわいくちんまりとお座りして待っていた犬たちが目に浮かぶ。

春になってきた。桜も咲き始めてる。

魚売り場へ行ってみた。

ここの魚は、とても新鮮味がない。

どうしたことだろう。魚売り場なのに。

週末はまだいいけど、平日は氷の上にのったまるまる1匹の魚というのがなかったりする。全部切り身や刺身になって白いトレイにパック詰めされている。いったいいつのものなのだろうと思う。

しかも品ぞろえが少ない。ウニなんか置いてないもの。たまぁ〜にあるけど、たまになので心構えができてなくて買う気になれない。乾物や佃煮コーナーが大きく、売り場にいきいき感がない。

でも肉ばかりというのもなんなので、一応、毎日、魚売り場ものぞく。今日はホタルイカのボイルとウマヅラハギの薄造りを買った。

先月は、「カワハギ月間」ということで1匹のままのカワハギがいつもあって、私はそれをよく薄造りにしてもらってた。肝がついていて、肝醤油にして食べるとおいしかった。

安くて新鮮な魚売り場に憧れる。

でも、今日は金曜日のせいか、いろいろあった。

気になったのは鰯。3匹入って、450円ぐらい。高くない。体がきれいに青くて新鮮そう。おいしそうだった。でも、今日のメニューは別のを考えていたので買わなかった。今思うと、あの青い鰯は新鮮そうだった。とても。

でも、「これ三枚におろしてください」と頼むのが面倒だったのだ。

結局、あっても買わないのかも。

うーん。魚はピンとくるものがあった時にサッと買わないとね。あるのを見て、パッとメニューを変える臨機応変さも必要だ。

特設コーナーの前は急ぎ足で通り過ぎる。

声をかけられて、立ち止まると試食をさせられてしまうから。

試食すると買わなくてはいけないような気になるので、絶対に今日は買わないとわかってるものの前は通らない。

でも今日、乾燥フルーツとナッツのお店の前を通ってしまった。ちょっと興味があったので。

するとすぐに声をかけられた。蜘蛛の巣に捕まった蝶の気持ちで試食のフルーツをいただく。

「おいしいですね……」

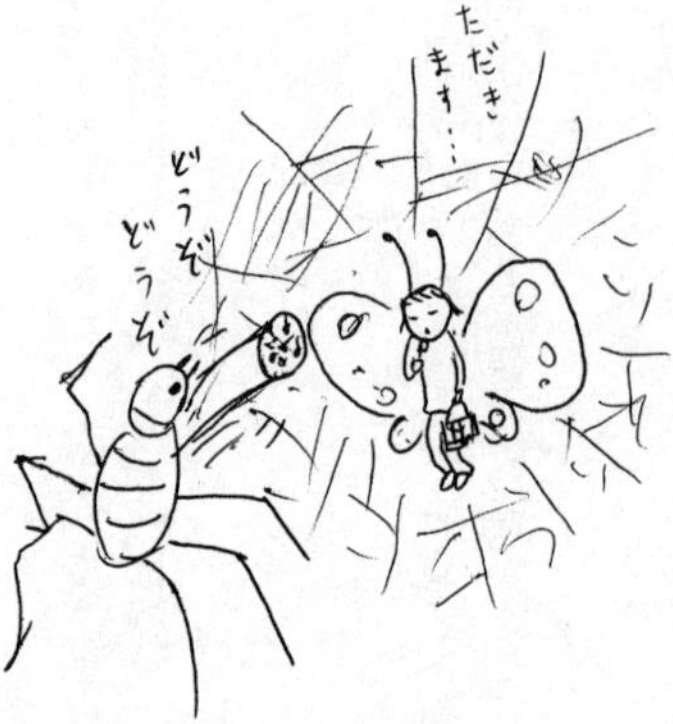

見ると、さまざまなナッツ類、フルーツ類。

5つ買うとお買い得、と言うので、ざっと眺める。

もし買うんだったら……と考える。そのあいだにもいろいろ試食させてくれた。

どうせ買うんだったら、好きなものを買おう。

考えて、ドライパイナップル、デーツ、カシューナッツ、マカデミアナッツ、スペインアーモンドに決めた。5000円ちょっとだった。

買ってしまったなあ……、と思いながら帰る。

そして、それからそれらをポツポツ食べているけど、なかなか減らない。ナッツなんてひとりでそんなに食べられない。ドライパイナップルを最初に食べ終えた。

それ以外はまだまだたくさんたんまり残ってる。

今度見かけたら、もう前は通らないようにしようと思う。

このスーパーは小さなデパートの地下2階にあり、上の3階分には洋服や雑貨や本屋や家具売り場がある。

でもお客さんが少なくて売り上げが芳しくなく、撤退するかも、他の格下のスーパーマーケットに変わるかも、という噂が以前からちょくちょく流れている。変わったら嫌だなあと思うけど、そればっかりはどうにもできない。

ついに撤退か、という何度目かの噂が出たつい最近、今度は全面改修するという噂が。しかもこれは本当みたい。

全面改修。中に入っている店舗も変わるのだろうか。

とても楽しみ。魚が新鮮になったらいいけど。でもこれは売れないと難しいからなあ。

とにかく、楽しみ。

改修だって。ワクワク。

そのせいなのか、数年前から次第に店舗が減って、だんだん売り場がスカスカに。気づくと店がなくなっていて代わりにテーブルと椅子が置いてある。

また、常々感じていたことは、このスーパーは通路が広い。

ゆったりとするのでそれはうれしいことだが、他のスーパーに行くと通路は幅1メートルぐらいのところもあるのに、ここは広いところは3メートルほどもある。ちょっとした広場だ。そればかりか踊り場のようなスペースまである。歌でも歌えそう。

寿司屋も消え、そこは今、板で囲われている。次の店が入らないみたいで。

パン屋さんをのぞいてから和菓子屋さんをふらふら歩いてどんなお菓子があるか見ていたら、その先にあのブルーベリー屋さんがあることを思い出す。

見たところお客さんはいない。

あの家族がいるかな。今日は買わないので近づかないようにしよう。目があったら気まずいから。私の友だちは、「悪いから」と言ってブルーベリースムージーを数日間、買い続けていたという。

夕食のおかずを探したけど特に心惹かれるものがなく、魚売り場を見て、ソテーにしようと思い、真鯛を買う。

今年の春はなかなか来ない。

はやく暖かくならないかなあ。


いつのまにか5月。それも末ですわ。

今日、さっき、いつもの買い物に行って来た。

夕方になると安くなる野菜のワゴンがあって、その前で若夫婦が話してる。

夫「ズッキーニがある」

妻「じゃあ……、ベーコンとソテーにする?」

いいなあ。

楽しそう。

私も昔はそんな会話を交わしてたな。私もズッキーニを買ってベーコンとソテーにしよう

かなあ……と考えながら進み、魚売り場へ。

１５００円のカワハギが１匹あったので、うーん……と考えた末、薄造りにしてもらうことにした。肝醤油で食べよう。

お願いする。


できるまで売り場をたらたら回って、また野菜売り場に来た。

やはりズッキーニのソテーにしよう。ベーコンと。

安いワゴンを見たら、もうズッキーニはなくなってた。でも普通の棚に安くないズッキーニがあったので安くないズッキーニをカゴに入れる。30円しか変わらなかった。

あのブルーベリー屋さんの前の通路を私はあれから通っていない。でも遠くから見守っている。お客さんがいるとホッとする。がんばれ、家族！

と思いながら、遠くから見守っている。

そしたら、エスカレーター脇の特設売り場に今、別のブルーベリー屋さんが出ている。あのお店とかぶってるではないか！

と思いながら進む。

全面改修はいつなのだろう？

気になる。

いつのまにか6月。でもまだ2日。

最近の旬は、小ハマグリ。ずいぶん食べました。あさりの酒蒸しの代わりにハマグリ蒸し。砂も入ってないから食べやすくて、身もぷりっとしてて、おいしい。でも立て続けに3日も食べたら飽きてしまった。

その他には、ホワイトアスパラガスか。

昨日も大きなのが並んでた。いつも手に取ってじっと見るところまではいくが、買うところまではいかない。値段も高いし。躊躇してしまう。それほど好きじゃないのかな。そうかもなあ。

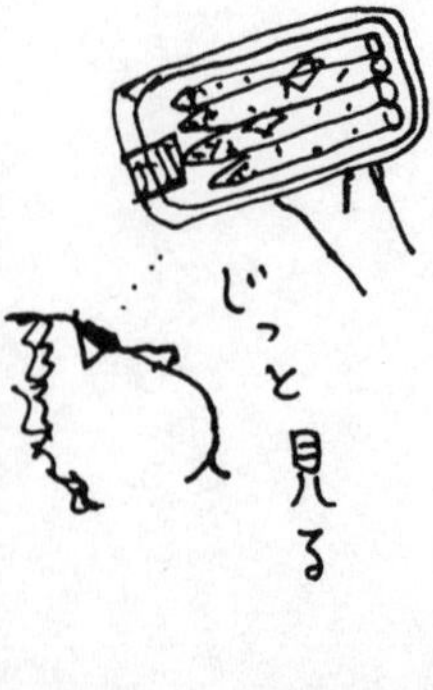

今日は牛しゃぶにしようと思ってお肉コーナーを見ていた。

おいしそうなしゃぶしゃぶ用の牛肉を。高めので少なめのを買った。1700円ぐらいの。私は少なくていいから。ちょっとあればいいから。

それから、きゅうりとオクラ。

明日の朝はオクラと玉子にしよう。

またお店がなくなってた。たしかそこには以前、日本茶のお店があったような。買ったことはなかったけど。

そして代わりにベンチが並んでた。もうベンチだらけ。ひと休みするのにはいいけど。

寿司屋も紅茶屋も消えた。

いつ改装になるのだろう。まだ気配はない。ただ店が次々となくなっていくだけ。

そんな中、新しく開店したお店にはまず同情の念が湧く。

だってここは人のいない辺境だから。

今日、買い物に行ったら、また入り口に犬がつながれていた。

前を歩いていた警備員が犬に手をふった。

あら。まあ。やさしい。

犬、盗まれなきゃいいけど……。


中に入って、カートを押す。

果物売り場、野菜売り場、とゆっくり通り過ぎる。どの品物ももう知ってるものばかり。

後ろで、5歳ぐらいの女の子が号泣している。前に、お父さんとお母さん。

「ふうせん、ふうせん……」と言いながら泣いてるので、風船が欲しいようだ。

「パパがいるよ」とママはパパに任せようとしている。パパは困ってる。

女の子は完全に泣きに入ってる。

願望を強く訴える時、子どもは泣く。それが要求を叶えるための手段のひとつだから。

泣け、泣け、子よ。

ただし私は子どもの泣き声が苦手なのでそこから足早に立ち去る。

子どもの泣き声には、気持ちをつらくさせるなにかがある。

さっき、マグロの醤油漬けを作って明日の朝ごはんにしようと、３００円引きと書かれたマグロの柵をどれがいいかなと眺めていたら、ちょうど同じように眺めているおばさまが隣にいた。私が取ろうと思っているひとつ隣のを手に取っている。その方が決めてから手をのばそうと思い、ちょっと脇へどいてゆでダコを見ているふりをした。

でもそのおばさまはなかなか決められず、いつまでもマグロの柵の前に立っている。私はイライラしたくなかったのでエビや明太子の方まで移動して時間を取った。

やっとおばさまが去ったのでマグロの柵のところへ戻る。結局おばさまは買わなかったみたいでひとつ隣のも残っていた。

なかなか手を出せない間合いってある。急いでない限り私は辛抱強く待つ。獲物がどちらへ傾くか。すべて相手にゆだね、その結果を運命だと思って受け止める。

そんなところでも日々、運命を受け止める力を鍛えている私である。

あるいは単にどっちでもいいのかも。

仕事がなかなかはかどらない時、私はアルコールというガソリンを自分に注ぐ。

そのガソリンにもレベルがあって、いちばんいいのはワインショップの好きな銘柄。冷えていて味も好きな味。

次はスーパーの冷えていないハーフボトルのシャンパン。

最低は、スーパーの安い白ワイン。

番外編にあるのが米焼酎。特に好きじゃないけど、冷蔵庫の上に置いといてなにもないって時にちょびっと飲むために待機している。

で、ワインショップにたびたび行くのもホントになんだか気が引けるので、行くのはできるだけ週2回ぐらいにして、残りはスーパーで軽く、まるでお醤油を入れるみたいな感じで肉や野菜と一緒にカゴに入れる。

今日は家に冷えたストックがあったのでいいけど、明日用に最低レベルの白ワインをスーパーで買った。９８０円ぐらいの。たまにこういううれしくないのを買って気をくじくのだ。

小さな山をこしらえて、小さく喜び、小さく悲しむ。

それが人生を長く楽しんで生きる秘訣だ。

長く生きてくると、人生にはそうそうおもしろいことはないってことを、知ってしまう。


このスーパーマーケットが改装されるという噂があって、だんだん出店店舗も少なくなっていると書いたが、いっこうに改装する気配がない。

いったいいつ実行されるのだろう。

今日も、数少ない自分のレパートリーの中からその日のメニューを決めて、知ってる棚を歩き回って材料をカゴに入れた。機械作業のように。たまに暇な時はただ単にぼんやりと棚を眺める。こんなところにこんなものが、というものを見つけることがある。

最近は貝のお味噌汁に凝っている。貝のお味噌汁は簡単でおいしいから。

昨日はあさり、今日はしじみ。

あさり、しじみ、あさり、しじみ。と交互に繰り返す。

苦手なワカメの酢の物も作るように心がけている。好きになるかもしれないと思って。意識して作るようになったら前ほど嫌いじゃなくなった。

やってみるものだ。

でもおいしい具がないと気が引き立たない。カニやタコ、貝類のような主役がいると作るのにも食べるのにも楽しみがでてくる。

主役級のいないワカメときゅうりだけの時は作る気にならない。せめて釜揚げシラスがあればまだいい。上にパラリとのっけると白く鮮やかに目に映り、箸ものびるというもの。

貝売り場ではいつもいるおじちゃんとよく話す。そのおじちゃんは帽子なのかターバンなのかわからない被《かぶ》り物の正面に、あさり貝の殻を銀色の布でくるんだブローチをつけている（そうだとわかったのは

何度かじっくりと見てからだったが)。

最近私は、お味噌汁用にあさりとしじみを一日交替で買っている。お味噌汁は特に好きというわけではないので今まではたまにしか作らなかった。具がいつも面倒くさくて。

でも貝だったら出汁《だし》もいらないのですごく簡単だということに気づいた。貝とお味噌だけですごくおいしい。貝のお味噌汁だけは大好き。


昨日はたまにいるおばちゃんがいた。

しじみを買ったら、冷凍したら栄養価が高まるよと教えてくれた。やってみますと言って帰った。


今日はあさりを買った。売り場にいたのはおじちゃん。

おじちゃんに、「昨日、しじみを買って半分冷凍しました」と言ったら、「冷凍ものは沸騰してから入れてね」と言う。それは前にも聞いたので、「はい」と答える。

品物を待っているあいだ、「沸騰してない時に入れたらどうなるのだろう?」という疑問が生まれた。そのことは何度も言われたので絶対になにか理由があるに違いない。

気になる。どうしよう。

しばらく迷って、「沸騰してない時に入れたらどうなるんですか？」と聞いてみた。

「開かない貝が出てくる」

聞いてよかった。これはもう忘れないだろう。

今日も貝売り場へ。

おじちゃんが魚売り場のおにいちゃんと楽しそうにおしゃべりしていたので、「貝ください」と声をかけた。

今日はしじみ。実は昨日もしじみだったのだけど、なんとなく、しじみの方が栄養価が高い気がして。それにしじみだったらいちいち身を食べないのでかえって楽だし。私は汁だけをお茶碗に入れて食べている。

「ぐつぐつに煮込んでね。煮てるうちにいい味が出てくるからね」

「はい」

しばらく貝の味噌汁は続くだろう。

今は２０１７年10月２日。こないだからずいぶん時間がたってしまった。貝を買っていたのは初夏の頃だったか。春だったか。

そして、昨日。

野菜売り場のお店が10月１日から別の業者に代わるという話を聞いていたので、どうなったのか興味津々にスーパーに行ったら、小分けされたパックが多く、品数も減っている気がした。全体的に嵩《かさ》が減った感じで勢いがない。

ああ。どんどん、ダメになっていってる……ような気がする……と思った。

新しいお店もすぐになくなるし。

お寿司屋さんがなくなって、代わりに入ったシチュー屋さんはあっというまに消えた。そして昨日見たらインドカレー屋に代わってた。よく見たら隣にあったのが面積を広げただけだったが。

でも、私は毎日、ここで買い物してる。ここしかない。

がんばれ、みんな！

野菜も、魚も、お肉たちも！

フレッシュさに欠けるけど、見飽きたものばかりだけど、大事に重宝して買い物してますわよ！


野菜売り場の業者が代わり、小ぶりの野菜が多くなって買いやすくなったとはいえ、なかなかまだ馴染めない。

酢の物克服のために酢の物を作り続けていた時期が終わり、味噌汁克服のためにあさりとしじみを交替に買っていた時期も終わり、今は糖質制限中。糖質制限をすると買えるものが少なくなるので買い物は楽になる。でもそれもだんだん飽きてきた。けど今年いっぱいは頑張りたい。

なので毎日、野菜と玉子、豆腐と納豆、お肉、お魚を中心に買っている。

今日は10月19日。

急に寒くなった。気温12度。記録的な寒さ、と言う。

もうあっというまに12月になってしまうかも。

またお正月だ。おせちの季節がやって来る。あの大みそかの混雑を回避するために毎年、年の瀬になると買い物計画表を作っている私。

今年もぬかりなく計画したい。


11月10日。もう秋。そして、びっくり。

あのドイツパン屋さんが、たこ焼き屋に代わっていた。いつのまに。

ずいぶん長く奮闘していたのにね……。

残念。

どこも長続きしない魔の一角。

たこ焼き屋の次に何が入るか楽しみ。

そして私はその隣のパン屋で迷いに迷って、アップルパイと餡バターフレンチを買った。

買おうかどうか考えて、いったんそこを離れて夕食の買い物をしてからもう一度戻って来て、

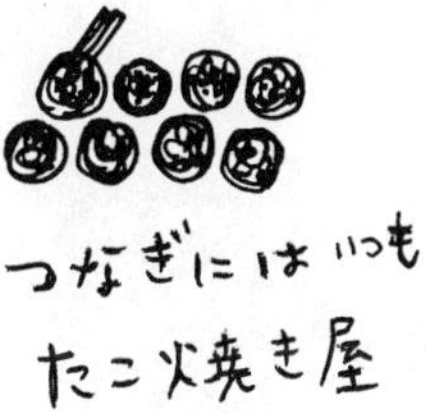

重々考えた末の買い物だった。

売り場にはおせちの予約受付コーナーもできて、もう年末の雰囲気が漂っている。私はもうおせちは買わないことにしたので気が楽。どれにしようかと迷うこともない。

この秋は糖質制限を2ヶ月していたので、ケーキ売り場でフルーツがいっぱいのったショートケーキを見て、また迷う。このシンプルなショートケーキを食べたい。買おうか。でも、まだ糖質制限のクセが残っていて躊躇してしまう。さっきアップルパイと餡バターを買ったから今日はやめとこう。

今度買おう。

今度買って、紅茶やなんかと一緒に食べよう。おもしろいテレビ番組を見ながら食べよう、と思ってそこを離れた。

11月30日。

明日から12月だって。

もうお正月だよ。あの大みそかの大混雑だよ。また数日前から計画的に買い物しなきゃ。

混雑に巻き込まれないように慎重に。

今年の冬は寒いそうだから、ずっと家にいたい。

最近あまりお菓子類を食べないので、食費も減ったわ。

いいこと。

告白。
私は浮気してしまいました。
ことの発端はジム仲間から麻布十番のスーパーのお惣菜が安くておいしい、と聞いたことだった。そのスーパーは昔からある老舗で、牛を1頭買いしているのでお肉を使ったお惣菜が特においしいよ、と言う。
へ〜っと思い、調べたらローストビーフが有名で、午後3時ごろに焼きあがり、夕方に行くと売り切れてることもあるそう。ポテトサラダもファンが多いそう。

うーん。このローストビーフを一度食べてみたい。「こんなにおいしいローストビーフを食べたのは初めて」と言ってる人もいた。

「有吉さんぽ」で見た楽万コロッケというのも一度食べてみたかったので、思い切ってタクシーに乗って行ってみることにした。途中、バイト帰りの娘を拾って。


まずはスーパーへ。

お店は大きすぎず小さすぎず、老舗らしいしみじみとしたあたたかい雰囲気が漂っている。

さっそくローストビーフを探す。

あった！

お肉のコーナーで、銀のトレイにゴロゴロとのってる。サーロインとヒレがあり、少し迷ってヒレにした。形も三角や長方形とかいろいろあって、四角い立方体に。

お惣菜もあった。むかごの炊き込みご飯と、高菜チャーハン、明日用のキーマカレー、カキフライ2個（細長く大きかった）を買う。他の売り場もじっくりと見てみたかったけど、時間がなかったので急いで買って出る。

それからコロッケも買って帰る。

ローストビーフは塩コショウ味がしっかりとついていてそのままでもおいしかったけど、中はほとんどレアで赤身が広がっていた。私はもうすこし白くさしが入っている方が好きだと思った。形も四角い立方体にしたので四角く大きい。次はもっと小さめのでサーロインにしよう。

数日後、そのスーパーの情報の発信元のSちゃんとジムで会ったので、「行ったよ。むかご飯がおいしかった。ローストビーフも買ったよ」と報告したら、その他いろいろ教えてくれた。

そのスーパーは叶姉妹の美香さんもよく来るそうで、鶏肉の「ピヨ」というのをゴーヤと蒸して食べてたって。

糸こんにゃくとちくわぶは水の中にごろんごろんと入ってて、袋に入れて買う方式。イカ飯はたまにしかないけど、あったら10個ぐらい買ってしまう。おかきもおいしくてもっと買っとけばよかったと後悔した。などなど、忘れちゃったけどいろいろ教えてくれた。

私は、このあいだはじっくりと見れなかったので、他の棚の品物もよく見てみたいと急に思った。それから妄想がふくらみ、あのスーパーは確かに品ぞろえがよさそうだし、食べ物は大事だ。あのスーパーの近くに引っ越してもいいな。

ネットで空き部屋を探したらけっこういいのがたくさんある。麻布十番に引っ越そうか……。

我慢できずにまた買いに行くことにした。今度は、行きは電車で。六本木駅で大江戸線に乗り換えるのが地下深くてとてもたいへんだった。どこまで地中深く掘ったんだろうと思った。

夕方の6時近く。外は真っ暗。人通りも少ない。行く道が暗くて心細かった。なんだか気持ちが暗くなる。トボトボ……。

店に到着。

ローストビーフに真っ先に行ったら、もうない。1個も。

しょうがなく、肉売り場をぶらぶら見ていたら切り落としのローストビーフがあった。880円ぐらい。脂も入ってる。これでいいじゃん！　と思い、カゴに入れる。かたまりで買うと2000〜3000円するのだ。

次にお惣菜コーナーへ。

今日はじっくり見よう。

すき焼き風の煮込みがあって、これはいいかもと思って値段を見てびっくり。いいお肉を使っているようで2500円ぐらいした。あわてて手を引っ込める。

牛丼の具が手ごろだったのでそれと、辛口カレー、きゅうりとワカメの酢の物（味つけを知りたかった）、豚肉と野菜の炒め物、骨付き鶏もも肉のソテー、イカと里芋の煮つけ、炊き込みご飯2種類（タケノコと牛肉）を買う。

それから他のコーナーを回り、柿、アボカド、マグロのお刺身、蒸しアワビ（小）、鮭、牛肉、もずく、糸こんにゃく（水からとって袋に入れたかったから）などを買った。鶏肉のピヨ（最後の1個）もあったので買う。ポテトサラダも。

イカ飯はなかった。

袋2つ分。重い。1万5000円。あんなに買ったのに思ったより高くなかった。

家に帰ってさっそく味見する。
ローストビーフはこの量で充分。驚くほどではないけどおいしい。酢の物とポテトサラダはやさしい味つけで、家で作ったような味。お惣菜でこのやさしさというのがいいのかもなあ。他のお惣菜もどれも味が濃くなくて、素材や調味料のよさを感じる。

ひととおり味見して満足したせいか、もう麻布十番に住みたいという気持ちがすっかり消えた。落ち着いた。

慣れ親しんだ、そのよさも悪さも知り尽くした古女房から、目新しい若い女性に心惹かれたが、確かに魅力はあるけど通うには遠いし騒動は面倒だ。新鮮味はなくても今までのでいいやと元のさやに収まった旦那のような気持ちか。

今日、買い物に出かけたら、若い女性が「おいしそうなものがいっぱいある〜」と言いながら棚のあいだを歩いていた。

そうか。初めて来るとこはそう見えるのか。

そういえば私も最初はそう思っていたなあ。

ドキドキワクワクして、見るだけで心が浮き立った。その気持ちを忘れていた。あの頃の気持ちになってまわりを見渡してみると、なんだかキラキラきれいに見えた。

そうか。私の心も新鮮さを失っていたんだ。私こそ、謙虚な気持ちでこのスーパーに向かい合わなければ。

初心にかえった気分で買い物をした。


12月も下旬。

もうすぐ1年で唯一、このスーパーが混雑する日がやって来る。

そう。大みそか。

この日ばかりは普段静かなこの店も大混雑。ぎゅうぎゅうの店内、レジに並ぶ長い列。一度その苦しみを味わってから、私は二度とあの長い列に並ばずにすむよう、年末の買い物計画をち密に立てるようになった。

腐らないものは数日前から分散して買い進め、生ものだけを31日の開店直後に行って買う。今年ももうすぐその日がやって来るので、今から緊張している。

お正月用のものといっても、もう私は最近あんまり買ってない。数の子といくら、お餅と年越しそばぐらい。でもお正月にはお店が閉まるので、その分の食料と重いお酒を買いだめする。

それでもなんだか気ぜわしい。それというのも、クリスマスが終わったら一気に売り場がお正月用にチェンジし、年の瀬気分に巻き込まれてしまうから。

うまくすり抜けなくては。

今日はクリスマスイブ。しかも日曜日。

なので街は人がいっぱい。

スーパーも混みあっていた。私は決めてきたものをいそいでカゴに入れる。ローストビーフ用のお肉、サラダ用の野菜など。

どのレジに並ぶかササッと列を見比べる。

あれだ！

ひとりしかいない。でもその人のカゴの中は品物が結構多い。

隣を見ると、いまお金を払ってる人がいる。後ろにだれもいない。

そっちにしよう。

イヤーン
かーわわいいっ
ちょこりん…
かわいすぎ!!
本日もまた犬が…

ぼんやり過ごしていたら、あっというまに今日は２０１８年3月11日。３ヶ月たってます。

寒かった冬もだんだん暖かくなってきました。

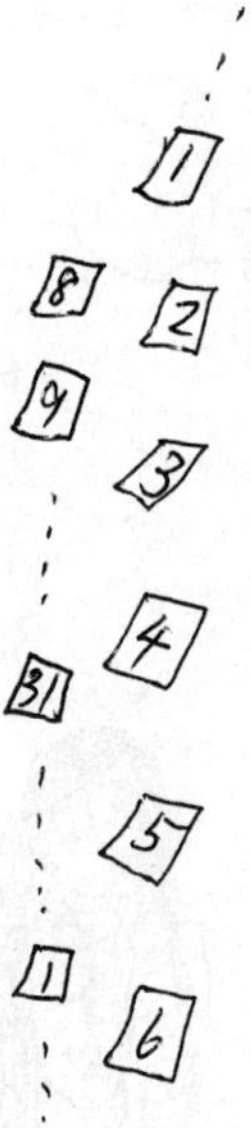

午後、買い物に行く。
スーパーのお菓子の棚で、くまモンのイラストのついた海老味のおかきの袋を手に持って、買おうかどうしようかとじっと考えていた時、店内アナウンスで「東日本大震災で犠牲となられた方々への黙とうをお願いします」と流れてきた。ハッとして、そのままじっとしていたら、秒読みの信号音のあと、「黙とう」という声。

グッ。

そっと目を閉じる。さっきまで騒がしかった店内がシーンと静まり返った。赤ちゃんがむずかる声だけが遠くから響く。

みなさん、黙とうされているのだろうか。黙とうしながらもどうしても気になるので、ほんの少し薄目を開けて左右を観察してみた。

チラッ、チラッ。

みなさん、立ち止まって目を閉じている。

やってる、やってる。

私もふたたび目を閉じる。

もう一回見たい。我慢できずにまたそっと見る。

まだやってる。静かな祈りの雰囲気。

それともなにか考えごとでも……？　私もふたたび静かに目を閉じる。

「黙とう、終わり」の声で元に戻った。またざわめきが始まる。心が静まったわ……。

持っていたおかきの袋を棚に戻して、私はレジに向かった。

あの有名和食店「S」のお惣菜屋さんが、メインを選べるお弁当を平日の昼間だけ売り始めたら大人気。

私も噂を聞きつけて買いに行った。並んでる。メインと副菜を数種類から選べて、炊きたてのごはんも大盛り自由で値段は700円弱。安い。副菜も独特でおいしい。マスカルポーネチーズとこんにゃくの入ったかぼちゃサラダとかがあった。

全種類制覇したいと思い、何日も続けて食べた。ひとめぐりしたら落ち着いたけど、ここはいい。

と思っていたら、その大人気の時期が半年ほど続いたあと、お店が急になくなっていた。ビックリ。

あれは消える直前の燃え上がる炎だったのか。

レモンケーキに弱い私。

よさそうなのを見かけるとついつい買ってしまうものってある。前ははちみつと手触りのいいタオルだった。それほどでなくても、その子分的なものもある。ゆでトウモロコシ、甘栗、ハーブ入り石鹸。

レモンケーキもそのひとつ。

レモンケーキは、実際に食べると「別に」と思うような、普通のふわっとしたマドレーヌっぽい焼き菓子だが、レモンケーキという名前、レモンに似せたその形、レモン色のクリームが全体にかけられて表面に固まってる様子、すべてが私の心に「ちょっと素敵」と思わせる。

レモンケーキ。

いつも買うわけじゃないけど、買っても「すごくおいしい」とは思わないけど、たまに何かの波長が合った時にぼんやりと買ってしまう。

そのレモンケーキがスーパーの陳列台に特集されていた。

そこに並べられていたレモンケーキは全部で4種類。どれも気になった。すっぱいレモンケーキというのも気になるし、レモンスライスが上にのってる「青いレモンケーキ」というのも気になる。しばらく眺めたり手に取ったりしながら、その4つをすべて買った。食べ比

レモンケーキ
クリーム全体がけ
すっぱい
レモンケーキ
中に
レモンピール入り
小ぶり
クリーム
上のせ
レモンスライス
のせ

べしよう（味はどれも似てました……）。


「なにわのフレンチ、髯《ひげ》のコックと勧め上手な奥方」

催事場のコーナーを眺めていたら、今まであまりここで見かけないお店があった。フレンチ。ドライカレー、海老ピラフ、オムライス。

オムライスか。私はオムライスが大好き。たまに自分で丁寧に作って、おいしく食べる。自分で作ると鶏肉を好きなだけ入れられるのでいい。

大好き。

今日のお昼は家にあるラーメンを食べようと思っていたけど、このチキンライスでもいいかなあ。じっと見てみる。私は買う前にいつもそのものをじっと見る。

「開高健が愛した」という宣伝文句があった。

ふうむ。

玉子の上にかかった自家製ケチャップもおいしそう。中はどうなってるんだろう。中はケチャップライスかな。鶏肉が入ってるのかな。玉子のはしっこから見えないかなあと目を凝らす。ちらりと見えるお米はオレンジ色なのでケチャップライスのようだが……。

売り場のやさしげな女性が「中はハムと、おいしいどこどこ産の玉ねぎが入ってますよ」と言う。その玉ねぎで決めた。

「これ、お願いします」

お金を払ってお釣りを待っているあいだ、他のものにも目を移す。サンドイッチがある。ローストビーフサンド、ハムチーズサンド。

このハムチーズサンド、おいしそう……。

そこへ、シェフらしき髯の男性がやって来て、オムライスの温め方を教えてくれた。

「マダム。電子レンジでも使える容器ですから、1分ほど温めてくださいね」

「はい」

マダムと呼ばれて背筋がのびる。

そしてハムチーズサンドイッチを眺めているところを見られていたので、「これもおいしいですよ」と説明を受ける。たしかに、パンにもバターがよく染みていておいしそう。心惹かれる。

そこへさっきのやさしげな女性がスッと来て、「すこし温めるとチーズがとけて、とてもおいしいんですよ。グリュイエールチーズです」と言う。

グリュイエールチーズときた。

小さく細くカットされているこのパンの大きさもいい感じ。

「じゃあ、これもお願いします……」

いい感じにすすめられると試したくなる私。

会計が終わって、サンドイッチを手渡され、「それではいただいてみます」と言うと、髯のコックが、「おいしいコーヒーと一緒にね」と、コーヒーカップを持ってクイッと飲むしぐさ。

「はい」
なんだか雰囲気のある売店だったなと思い、家に帰って調べたら、「なにわのフレンチ」と呼ばれている人気のお店のマスターとママン（奥方）だった。
オムライスの味は……、うーむ、自分で作った方が好きかも。
でもサンドイッチはとてもおいしかった。

私が毎日行くデパ地下の3分の2の面積にあたる専門店街に近ごろ異変が！

あまりお客さんがいないせいか、いいお店はどんどん消えて行き、今残ってるのはあまりパッとしないところが多いのだが、そこすらだんだん消えて行ってる。

5000円渡したのに1000円と勘違いしておつりを間違えた要領を得ない女の子がいたイタリアン惣菜のお店も最近消えていた（お釣りはあとで取りに行った）。

お店が消えると、すかさずその場所にテーブルと椅子が置かれるので、フードコートの休憩所みたいになる。ゆったりしていて、いいといえばいいが。

その消え方が最近、加速度的なのだ。

リニューアルするんですって、という噂がまた聞こえてきた。

でも、期待できない。

1年前にここの1階の売り場が全面リニューアルされて、それ以降、ますます客足が遠のいてしまった。閑古鳥の大合唱。なにしろ今、この立地でそれ？　と思うような方向（高級化粧品）へのリニューアルだったから。

私がたまにのぞいていた家庭雑貨、なんとなく気分にまかせてふと買ってしまうような気軽なお店も、輸入キッチン用品のお店も、なくなってしまった。

で、その1階は私の散歩マップから消えてしまい、それ以外のエリアの多くも改装中の看板に囲まれたまま閉ざされてしまった。前に海外の専門店が軒を並べていた素敵な地下街も閉鎖中のまま。ゴーストタウン化していくここらへんなのだった。思い過ごしならいいけど……。

そんななかでも高層ビルの上のレストラン街だけは頑張っていて、2年ぐらいかけて全面リニューアルされたのだが、3店ほど回った私はそれ以降、パタリと行くのをやめた。

まあ、一緒に食べに行く人がいないというのも理由なのだが、味が実際にまた行きたいと思わなかったのだ。それからも3～4店開店したけど行ってない（一緒に行く人もまだいない）。

というわけで、私はとてもドキドキと緊張している。いつこのデパートがつぶれるか。数年前から、「ニトリが入るんだって」という噂が飛び交っているが、まだ入ってない。「ここはどうしてもつぶせない大人の事情がある」とみんなが噂してた。

だから私は、「大人の事情があってよかった～」と思いながら買い物に行く。今日もスーパーへぼんやりと。

第2部 スーパーマーケットでは人生を考えさせられる

たいへんご無沙汰しました。今は2019年です。

1～2年過ぎたかもしれません……。今、1～2年といえばかなりの変化がありますね。

そのあいだに変わったことといえば、会計をカードにしたことです。前は日々の買い物は現金でやっていましたが、カードにするとお金を持って行かなくてもいいなと思い、カード決済にしました。とても楽になりました。


ニュースがあります。

スーパーマーケットを含む食料品売り場が全面的にリニューアルされることになりました。どんどん店が閉まっていき、どうなるんだろう……と思っていたらやはりそうでした。大規模リニューアル。

この建物ができてから25年ほど。確かにそろそろ根本的にリニューアルしてもいいころ。

お客の私たちも新しくなるのがうれしい。どんなふうに変わるのだろう。いいお店が入ったらいいなあと、夢がふくらみます。

完成予定図のＣＧ写真が柱に貼られていたので近づいてじっくり見たら、焦げ茶色の木を使った、シックで大人っぽい高級なイメージ。緊張します。

その工事のあいだ、３ヶ月も店が閉められるという。そのあいだはいったいどうなるのだろう？

そのあいだは、代わりに中央部分に仮設の売り場ができた。

平台を並べたような、フリーマーケットに毛が生えたような簡単な売り場だったが、それが妙に新鮮で、私にはおもしろい。

高い台があまりなく広々と見渡せるので、安っぽい感じがするけどかえってこざっぱりとした印象を与えてくれる。とにかく営業してくれるだけでもありがたい。もしこのスーパーがなかったら、毎日駅ビルまで買いに行かなくてはならず、歩いて10分はかかる。歩くのが苦手な私はそうなったら数日分買いだめするしか手がないところだった。

約３ヶ月間の仮設売り場状態。

気のせいか照明もなんとなく暗く、場末感が漂う。

空調が利いてないような息苦しさも感じる。品物がすべて並べられないので、「以前あったもので陳列されていないものは係員にお尋ねください。倉庫から取ってまいります」というのもなかなか臨場感がある。

お客さんには評判が悪く、わがままなご老人や常連さんたちが、「あれがない、これがない、陳列の仕方が悪い、なんたら、かんたら」と苦情を訴えていた。

でもそういうのも活気があっていいなと私はおもしろく眺めていた。品物を探すのも勘を頼りに、という自分のセンサーチェックにもなるし。

毎日が探検気分。


当初の仮設売り場ショックも収まり、徐々に近隣の老人たちも慣れてきた様子。

が、野菜売り場が増設されるというマイナーチェンジがあって、またどこになにがあるかわからないという状況が訪れた。「せっかく場所を覚えたのに、また変わったの？」と老人たちは不満あらわ。ブツブツ言ってるのが聞こえてくる。私もあっちこっちくるくる回りながらお目当ての商品を探す。毎日が宝探し気分。

そしてそれにも慣れたころ、そう、3月の下旬。

ついにリニューアルオープンの日が来た！

開店の瞬間を私は見られなかったけど、開店サービスの、ゆで毛ガニやウニ、甘いアメーラトマトの箱詰め、いちご、デコポン、などが安かったそうで、とてもたくさんの人が押し寄せたということだった。

私も数時間遅れで見に行く。

華やかで広々とした店内。ここでは見たことのないたくさんの種類の人々。

オオ！　アモーレ！

私の食生活もこれで新しい日の出を見たか！　と思った。

専門店が減った分、スーパーの面積が増えたので、品数が増えたように思える。これから

じっくりとひとつひとつ見て行きたい。

日替わりパン屋、お菓子屋、ハンバーガー屋など。華やかさにとても興奮する。

目新しいデザート屋さんがあった。添加物なし。安心安全で、グルテンフリーだという。生クリーム入りシフォンケーキ。値段は高め。売り子の女性は気取ってる。むむ。

味はどうか？


大粒のデーツ屋があった。デーツは、ドバイで食べておいしかったのを思い出す。デーツは好き。福岡のお店だそうで、「こんなにたくさん入ってお安いですよ」と言うので一袋買ってみた。

おいしいのかもしれないけど、なぜか、私の味覚が変わったのか、甘すぎる。甘くて食べられない。どうにか食べる方法がないかと工夫して、種を取ってお酒に漬けたりしたけどダメだった。


1ヶ月ほどたちましたので報告。

華やかさは最初だけでした。

レジに長い列ができたのは最初だけ。魚屋は売り場面積が広くなった分、中身はスカスカ。アワビもウニも毛ガニもあったのは最初だけ。肉売り場もいいふうに思えたけど興奮が覚めたら、たいしたことないってことがわかった。

目新しいデザート屋さんのシフォンケーキは冷凍で、2〜3回買ったけど、物珍しさのマジックが消えたらおいしさも消えていた。デーツ屋もなくなった。

オープン記念のお店が次々と去って、もとのお店に戻った。

これからが正念場。

ということで、一瞬、世界が変わったように思えたけど、慣れてしまえばそうたいした変化はありませんでした。いや、よく見るとグレードが落ちています（サラダのRF1もなくなった）。

客層がちょっと変わった（若返った）くらいで、混雑も収まり、いつもの日常が戻ってきました。私も一瞬浮わつきましたが、落ち着いて、また静かに思いに耽《ふけ》ることにします。

人生にフト迷った時。不確かさを感じ、気持ちがザワザワする時、「落ち着こう」と思う。

必要なものってなんだろう。

人生で大事なものって。

それは結局、今、見えているものの中にある。今見えているものの中には、大事なものとそうじゃないものがある。すべてが常にそこにある。それらの中から、大事なものとそうじゃないものを識別できるか。大切なものを見つけられるかどうかは自分にかかってる。

今、見えているものの中から重要なものを探そう（すみません。昨日ショックなことが起こったので、いつになく考え込んでしまいました……）。


さて、今日思ったのは、「一度カゴに入れたものを戻すことについて」だった。

常々、目にするその光景。レジの近くや、あちこちの棚にそっと置かれているそこにあるはずのない商品。腐らないものならいいけど生ものだと気になるところ。

私も時々、一度カゴに入れた商品をもとの場所に戻すことがある。どういう時かというと、それ以上のいい商品を別の棚に見つけた時だ。同じ種類のものを同じ棚に集めてくれてたらいいけど、たまに、他の場所に本日の目玉商品的に特設コーナーが設けられていることがある。そっちの方がいいと思えば、さっきカゴに入れたものをもとの棚に戻しに行く。その戻すのが面倒な人が近場の棚に置いていくのだろう。

最近私が戻したものは、お米だ。

お米の棚からお米をカゴに入れたあとに、特別な台に新米が置かれているのを発見した。石垣島の新米、と書いてあった。「あら！　こっちの方がいいかも」と思い、そっちをカゴに入れた。それからさっき入れた方のお米をお米の棚に戻しに行ったら、お店の人が品出しをしていた。その人の前で戻すのは気が引けるので、しばらく遠巻きに待ったが、なかなか終わらない。しょうがないのでパンのコーナーをぐるりと回ってからまた戻って来た。まだいる。

ずいぶん長くいるなと思いつつ、ふたたび別のところに行って戻る。今度はいなかったので、お米を棚に戻した。ホッとした。

ところでみなさんは、野菜や納豆やお肉など、どの位置にあるのを買いますか？

いちばん手前にあるのは人が触っているので奥から選ぶという人もいる。私もそう思うが、なぜか見比べるといちばん前にあるのがいつもよく見えてしまい、迷った末に結局いちばん前にあるものを買うことが多い。不思議と最初に見たものが輝いて見えてしまうのだ。でも2番目や3番目のもよく見て、お肉なんかは脂の入りなんかが違うので、時々は奥のものを買うけど、迷います。どれもよく見えて。候補を3つほど並べ、買わないのを遠くに置き、いいのをじっくり見て考える。あきらかに脂身が多い！　と一発でわかるものは買わない方にすぐ置けるのでいいんだけど、似たようないいのは迷う。

商品をあまり手で触ってはいけないと思うけど、私は手で触ることで品質を確かめることが多いので、まったく触らないわけにもいかず、そういう時はそっとかすかに触れて確かめる。何かが伝わってくる気がするのだ。特に生鮮食品は、それがどういうものか、新鮮か、自分に合うか、これがいいかこっちがいいか、触れることでわかる気がするのです。触覚による情報量は多い。

レジで並ぶ時、どの列が早いか瞬時に判断する。

仕事の途中みたいでお弁当と飲み物だけを手に持ってる人がいると、「ラッキー！」と思い、そこにつく。カゴに山盛りの主婦の後ろは敬遠する。カゴの中身×列の長さが同じぐらいの時はどっちかに賭ける。

待ってるあいだに、レシート用紙が切れて入れ替えたり、値札が剝《は》がれてて探しに行かれたりするとイライラするけど、そこでイライラするとかえってイライラが増すので、私は急いで横を向き、瞑想しているように目を薄く閉じて、わざと気持ちを落ち着けようとする。芯から落ち着くことはできないけど形だけでも。

自分の番で値札のバーコードがなかった時は、本当に残念。レジの人が他の店員さんを呼んで同じ商品を持って来てもらう。そのあいだ、直立不動で待つ。後ろの人にも悪いと思う。シールが剝がれることはたまにあることだし、どうしようもないのだが。

次からはちゃんと値札がついてるか確認してからカゴに入れよう！　と思うけど、次の時には忘れてる。

私はせっかちで待つのが苦手。

日常生活でよく使う施設（スーパー、病院、美容院、学校、ジムなど）の選択の基準は常に「家のいちばん近く」（そうでなければできるだけ近く）だ。それで失敗することもあるけど、遠くまで行くぐらいだったら生活の中にそれを組み込まない状態で生きる、ということを選択するほど遠くに行くのが嫌い。

スーパーの長い列に並ぶはめに陥った時は、そうなってしまった原因を探し、次からはそうならないように厳重注意をしている。

目に見えない時間というものの中で目に見えない相手と戦う日々なので大変だが、勝つとうれしい。

スーパーが改装して、新しく入ったハンバーガー屋がある。

アメリカ発のとても人気のお店だという。まだ国内に数えるほどしかない。それを聞いた時、またここにも犠牲者が1店……と思った。

このデパートは本店の名前が通っているので、きっとお客さんが多いだろうとみんな想像するだろうが実はとても少ない。できたばかりの20年以上前はにぎわっていたのだろうが、今では全館、いつもスカスカでガラガラ。実はそういうところも私のお気に入りのポイントだ。

私は列に並ぶのも嫌いだが、混んでいる場所に行くのも嫌い。なので空いてるこの店が大好き。お客さんが少ないので結果的に品ぞろえは悪くなり、値段も高価で、鮮魚も新鮮さはないが、混んでいるお店に比べたら、私にはこっちの方がいい。

たまに渋谷駅の東急ストアの食品売り場を通ると、明るくにぎわっていてついいろいろ買ってしまうけど、それはたまにだからだ。年に1〜2回だからだ。普段はゆったり静かに、ぼんやりしながら買い物がしたい。

だからこのガラガラのスーパーは私の理想。本当はここに越してきた10年ほど前の、パッとしたお店がまだちょこちょこあった時の方がもっと好きなんだけど贅沢は言えない。

パッとしててやがてここからなくなったお店といえば……、スープストックトーキョー、RF1、外国の有名なチョコレートショップ、有名な紅茶屋、ブームになったポップコーン屋、ワッフル屋、ケーキ屋など。とにかくパッとしたいい店がどんどん通り過ぎていった。

その都度、無常を感じた。

なので新しいお店ができると、ここもいつまでもつか……とつい考えてしまう。

そこに、そのハンバーガー屋だ。「Uバーガー」。

でも楽しみ。金額も高い。セットで1200円以上する。

さっそく行きました。お持ち帰りして家でゆっくり食べようと思う。私はひとりで外で食べると緊張してあまり味わえないので。家でじっくりね。

お客さんは先にひとりの人が待っている程度で空いていた。私も、出来上がったら音が鳴る丸い機械を受け取って待った。15分ほどして、音が鳴ったので取りに行く。受け取る場所は別の場所を指示された。

そこに向かうと、店長らしき若者がより若いバイト生みたいな男の子と熱心に話をしていて、こっちに対する対応がはっきりしない。立って待っていたら、「こちらをお取りください」とケチャップや調味料のコーナーを指さす。自分で取るのかと思い、紙ナプキンやナイフをいくつか手に取る。まさかケチャップをこの丸いケースに入れたりしなくていいよね……、と思いながら静かに待った。

おしゃべりしていた店長がしばらくして私に気づいて、驚いたように「こちらです」と目の前にあった紙袋を示した。「こちら」ってこの紙袋だったのか。知らずにおとなしく待ってたわ。手渡してくれないから。でもその店長は、まるで私のミスかのように見ている。私は恥ずかしかった。いそいで紙袋をつかむ。小さい声でお礼まで言って。店長からは「お待たせしました」も「ありがとうございます」のひとこともなく、まるでテイクアウトが初めてのダサい人になった気分にさせられた。

「……恥をかかされた」というのが「Uバーガー」に対する最大の感想。

家に帰って食べてみた。味はまあまあ。でもさっきの屈辱感が強く、冷静に味わえなかった。もう二度と行くものか！　と思う。

その後、その店の前を通る時にたまに思い出してチラリと見るが、いつも客がいない。か、少ない。こないだなんかお客がひとりもいなくて、店員ふたりが仲良く並んで、カウンターごしに友だち（たぶん）と楽しそうに長話していた。

もうすぐなくなるだろうと思う。だとしたら、なくなる前にもう一度味見しとこうかな……と思った。このあいだはよく味わえなかったし、もう一生食べないだろうから。

で、「明日のお昼はUバーガーを買ってくるよ」と前日から息子に告げて心の準備をして、買いに行った。

今回はメニュー表をじっくりと見てゆっくり選んだ。前回はどれを選んだらいいかわからずにレジ前であわててしまい、どれを食べたか覚えてないから。基本のUバーガーのセット、いろいろ入ってるハンバーガーのセット、トリュフ味のハンバーガー単品、にした。450 0円ぐらいもした。

他の店をのぞいたりして待ち遠しく待って、やっと呼ばれる。2度目なので間違わずに気楽に受け取る。大きな紙袋を持って家に帰り、箱に入ったハンバーガー3個を半分に切って、それぞれを味見した。

椎茸の味はあまり好きじゃなかった。3種類味わって、これで満足。もういいだろう。

最初の怒りも消え去った今、改めて考えてみると、あの店長、開店したばかりでいそがしく、さまざまな説明を部下に申し送りすることに必死だったのかもしれない。今思えば、すべてがなんともないわ。


食品売り場の中央部分は、展示即売場になっていて、1〜2週間ごとに入れ替わる。といってもほとんどがローテーションになっていていつものお店のいつもの品、いつもの味。最初のころは買って食べてみてたけど、今は待ち焦がれるほどのお店はない。

そこにたまに初出店というのがあって、先日、初めてのお菓子屋さんが出ていた。シュークリームやパイがショーウインドウに並び、ちょっとおいしそう。値段もシュークリームが380円ぐらいであまり高くない。でも私はその時、お菓子を食べたい気持ちがなかった。好奇心旺盛の時だったらちょっと味見、と言って何種類か買っただろうが。

平台の上を横に移動しながら見ていくと小さなクッキーがあった。それが、驚くほど小さい。なに？　と思って顔を寄せてじっと見てみた。1辺が2センチほど。四角くて薄いクッキーが2枚、透明な袋に入って、97円だった。種類も何種類かある。チーズ味とか、いろいろ。

これは……、おしゃれな高級菓子なのか。趣味的ななにか？

丸いマカロンのサンドみたいなのもある。それも小さい。それらが何個か箱に詰められて、贈答用にディスプレイされている。2000円～3500円ぐらい。自分では買わないけどもらったらちょっとうれしいかわいさだった。

淡く心惹かれたが、こういうのは贈り物用だよなあ……と思いながら通り過ぎた。でも、あの2センチ角のチーズクッキーは一度味見してみたい。いつか誰かにもらったらうれしい小ささだった。

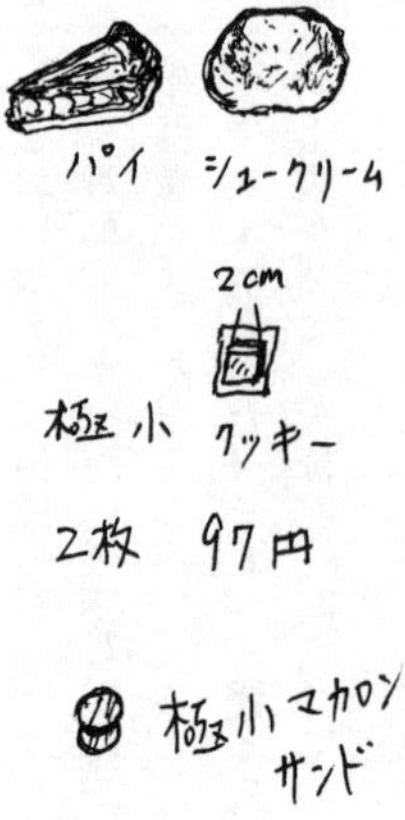

私は、トラブルや困ったことが起こった時、すぐには人にあまり話さない。動くことでなにかが変わる場合は早急にいろいろ対処するだろうが、もう起こってしまって対処できない場合は、しばらく気持ちが落ち着くまで自分でよく考える時間をもちたいと思う。

それに、一度人に話すと、次にその人に会った時、続きを報告しなければならなくなる。もうこっちは忘れてしまってるようなことでも。で、かえって面倒なことになる可能性がある。あるいは、私には話したい友人がいないからかもなあ。なんでも話せる人、頼れる人、甘えられる人、話しても受け止めてくれる人。えっ、と驚かれたり引かれたりしたら、かえってそっちのフォローに気を遣うことになるかもしれない。ううむ。なかなかね。

……などと、想像をめぐらしながら歩けるのもスーパーマーケットのよさだ。いつまでもクルクル食品棚のあいだを歩いていても不審がられないし、商品の景色が移り変わるので退屈しない。新商品を見つけて手に取ってみたり、説明書きを見ながらまた思考の沼に沈んだり。

そんなふうにまた考え事をしながら商品棚を歩いていたある日、不思議な場所にお煎餅を発見した。そのコーナーは、めったに人が通らない死角のようになっている場所にある。エレベーターの裏側で、そこを通らなくても済むような裏道のような場所だ。そこにお菓子作りの材料や調理器具が並んでいる。小麦粉などの粉類、飾るための砂糖菓子、ゼラチン、ナッツ、その他いっぱい。砂糖なんて40種類もあった。粉類は2メートル×3メートルぐらいの棚にずらりと並んでいて、数えようとしたけど諦めた。150種類はあったと思う。

そういう専門的な素材が並ぶ中に、いきなりお煎餅が2種類。えび煎餅とかつお節の煎餅。裏表、よく見るとなかなかおいしそう。

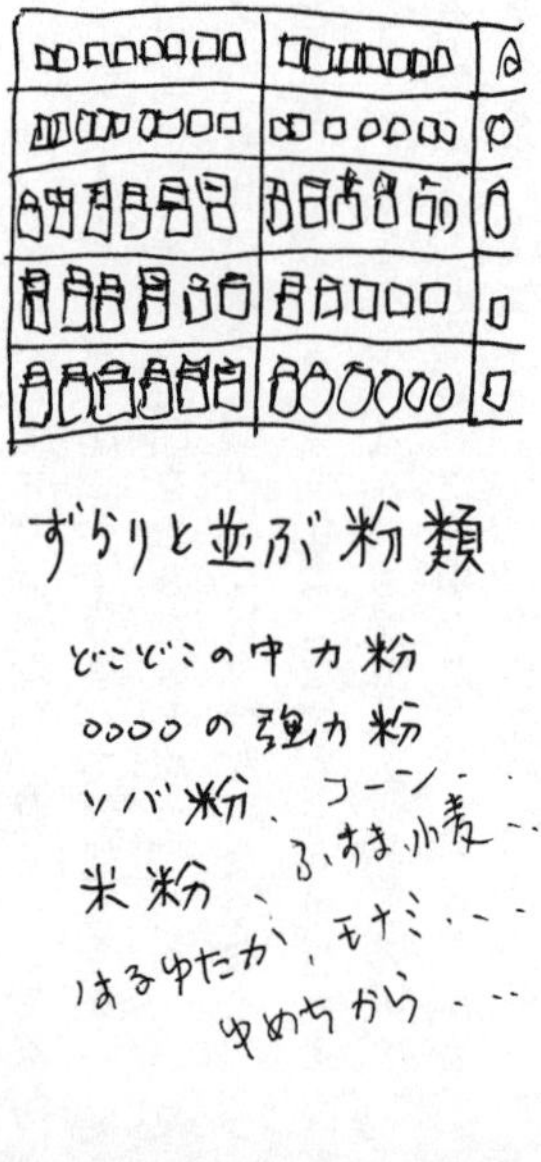

で、買ってみました。2種類。えび煎餅はまあまあだったけど、かつお節のお煎餅がおい

しかった。生地にも練り込んであり、外側もかつお節を細かく砕いたものにびっしりとおおわれている。これはヒット。それにしてもあの素材売り場の中に置かれているのが不思議。どういういきさつでこうなったのか、ドラマがありそう。

気になるレジの女性がいる。

いつも機械仕掛けのように同じセリフ、同じ調子で話す。「いらっしゃいませ」「どうもありがとうございます」「お箸はお使いになりますか」。どれも一本調子。心をこめないようにあえて決めているみたい。その人に当たると、私は「ああ。またこの人だ」と思い、こちらも同じように粛々とやることをこなす。

不自然、なのだ。自然なものって自然なので気にならないし気にもとまらないが、不自然なものはすぐ気にとまる。

自然と不自然の境目、ということを思った。自然、不自然の判断って繊細だ。とても人間

らしい。この人がこういうふうに言うことに決めたのにはなにか理由がありそう。ドラマがありそう、とここでも思った。なんにでも、人のやることにはその裏にドラマがあるものだ。ドラマがあるのかもと思うと寛容になる。私はこの人のことを嫌いではない。密かに応援しているのかもしれない。

「自然さ」ということで思い出すことがある。

前にここにあったお店で量り売りのサラダを買った時のこと。新人のバイトと思われる人が会計したあとに私にお釣りを手渡してくれた。その渡し方が不自然で、ものすごく違和感を覚えた。指の触れ方、手のひらへのお金の置き方、なのかどうか。びっくりするほど普通と違ってた。

で、そのことを帰る道すがら考えた。

あんなに、「ちょっと気持ち悪い」ってぐらい違和感を覚えたということは、今までのほとんどすべての人はとても上手にお釣りを手に渡してくれていたのだ。

お釣りを手渡すという行為は、簡単そうで奥深いのだな。一歩間違うと「気持ち悪い」とまで思われてしまう。それがわかった。いつもの人たちの、何も違和感を感じさせなかった自然さのすごさが光った瞬間だった（私にとって）。

うーむ。私としては、スポットライトをそこにあてたい。

ピカーッ。

貝売り場のおじちゃんがいる。

奥のどん詰まりに売り場があった改装以前から私はよくあさりやしじみを買っていた。人がいない時は、数個余計に入れてくれた。ある時期、毎日貝のお味噌汁を食べよう、あさりとしじみを一日交替に！ と思いついた時があった。お味噌汁を作るのは面倒だけど、貝だけは出汁をとらなくてもおいしいので簡単に作れるから。しばらく、はっきり覚えてないけど2〜3週間は続いた気がする。

おじちゃんが被ってる帽子の正面には貝を布でくるんだ貝ボタンがぽっちりとはまっている。それに気づいた時から、私はこのおじちゃんは貝が好きなのかもと思い、好感を抱いていた。

改装後、貝売り場は奥のどん詰まりではなく、魚の切り身売り場の並びに移動した。明るく開けた場所だ。それから私は貝を買ってない。なんだか買いづらい位置になってしまったのだ。

位置ってある。

おじちゃんがそこにいるけど、私はそこを避けて歩く。

おじちゃん。いつかまた買いに行くようになったら、よろしく。

売り子さんがいていつも試食をすすめられるので、その前を通りにくいって売り場がいくつかある。イタリアンのオリーブとドライトマトのお店、漬け物のお店、オーガニックのなんたらレトルトのお店。

その中で、イタリアンのオリーブとドライトマトのお店に行ってみた。友だちが時々買ってて、少量、50グラムから買えるよって言ってたから。私は一応試食して、ドライトマトと緑色のオリーブを各50グラム買った。家に帰って食べてみたけど、それほどおいしいと思わなかった。これはもういいや。

試食をすすめられて困ることは多い。向こうの目的はひとつ。買ってもらうこと。それが

わかっているので近づきづらい。

（大人が）食べて買わなかったら、おいしくなかったっていうことだから、ただただ気まずい。「ありがとうございました」とつぶやきながらうつむき加減に去る時の売り子さんの表情を見るのもつらい。そういうつらさを味わわせない売り子さんというのが本当にうまい売り子さんだと思う。たぶんそういう売り子さんは、買ってもらうことが第一の目的ではないんじゃないかと思う。その商品のよさを伝えたい、というのがいちばんじゃないかな。だからよさを伝えたいと思わないで商品を売ってる売り子さんはその時点でもうダメだろう。よさを伝えたいと思う商品を扱えるかどうかはそこまでの流れにかかってくる。その前の人生にかかってくる。そういうふうに考えると、どんなことでもつながっていて今にかかってくるのだから、それに気づくと生きやすくなるのだがなと思う。

試食販売のうまさということを考えると、いちばんは、「お客さんが買わずにそこを去っても気まずい思いをさせない」ということだと思う。試食だけして買わなくても去りやすく、去っても気まずい思いをさせない。それにはとてもテクニックが必要だと思う。

以前、とても上手だなと思う人がいた。おばちゃんで、慣れているようで、声もリズミカルだった。そして爪楊枝にささった試食品を、前を通る人に次々と差し出すのだが、サッと私の目の前に出した瞬間、顔を他の人に向けてそっちに声をかけるようにして、私の目を見ないのだ。こっちを見ていないので私も受け取りやすく、食べやすい。そして食べたあとにこっちの顔をじっと見ないし、声もかけない。客は欲しかったら買うし、欲しくなかったらサッサと立ち去れる。これだったら試食しやすい。すごく上手だと思った。


日々、勉強中。

サラダ屋さんと花屋さんはよき先生。

ＲＦ１があるころは、今日は何サラダにしようかな〜と迷った時やあまり作る気にならない時、参考にするためによく買い物の途中見に行っていた。

使っている素材の種類が多いのでお店のと同じものを作ることはできないけど、パッと目に入ったナス、豚しゃぶ、カボチャ、クリームチーズ、水菜、クルミなどから想像をふくらませ、家にある野菜を思い浮かべて自分なりにアレンジする。そうすると作る気になるので助かる。

花屋さん（青山フラワーマーケット）は入り口付近にある。ここで小さくて安い花束から中ぐらい、大きめ、それからばら売りの花を眺める。毎日、変化しているのを見るのも楽しい。いい匂いのする花は近づいて匂いをかぐ。私は買う時は小さめのか中ぐらいのをよく買う。私がここで研究するのは花の組み合わせだ。特に、小さい花束は花の数が少ないので、どれだけ少ない花数で印象的な花束を作れるかが重要だ。小さくぎゅっとまとめるので、普通に活けた時とは違う色と色の組み合わせができる。こういう使い方をするのかと驚くことがある。大きな花と小さな花をくっつけると、花びらのあいだに違う花の色がのぞいたりして新鮮だったりする。

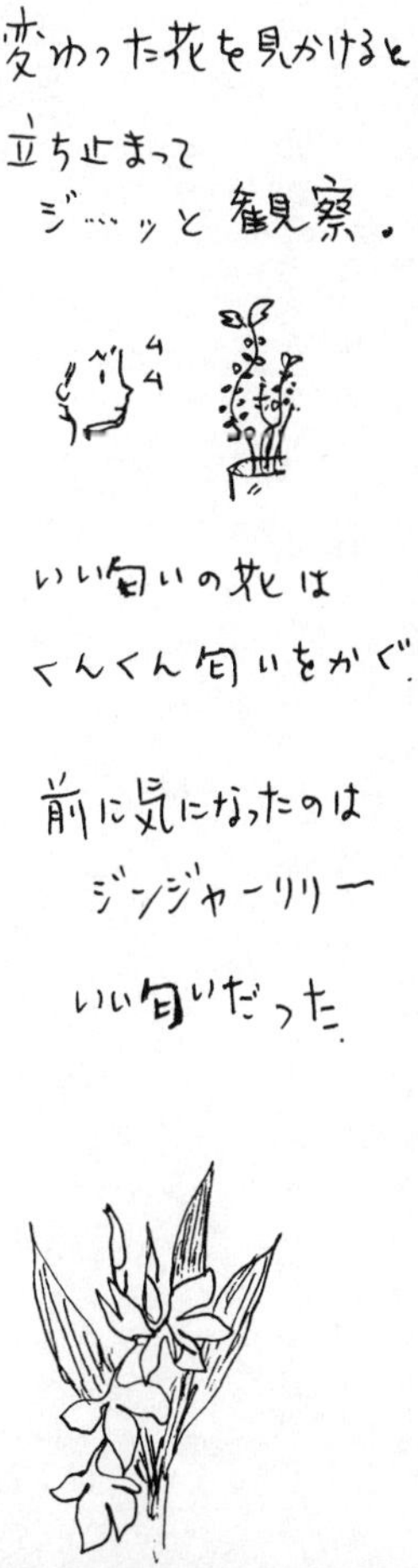
変わった花を見かけると
立ち止まって
ジ…ッと観察。
ムム
いい匂いの花は
くんくん匂いをかぐ。
前に気になったのは
ジンジャーリリー
いい匂いだった。

今までの概念を覆させられる使い方を見ると楽しくなる。自分は固定観念に凝り固まって

いたと思う。可能性はまだまだあるんだと思う。それはまた、人と人との組み合わせにも言えるなと想像がふくらむ。

日々、研究中。

「犬連れ去り」が起こってから、スーパーの入り口に犬がつながれてるのを見ることはほとんどなくなった。確かに。無防備だしね。

最近は凶悪な事件や理解に苦しむ事件も多く、かつて、「日本国民大家族」説、悪人も親せきのおじさんのひとり、を唱えていた私も、さすがにこのごろはそうも言えなくなってしまった。時代は変化していく。よくも悪くも現実を見なくてはね。嫌なことばかりの世の中のようだけど、それだけになおさら、たまにほっこりすることがあるとホッとする。

そんなこのあいだ、ひさしぶりにスーパーの前のベンチ脇に犬がつながれていた。茶色いトイプードル。とてもかわいい顔をしている。私は「ひさしぶりだ！」と思い、用もないのにベンチに腰掛けた。じっと見ているのは気が引けるので携帯を見ながらチラチラ眺める。

スーパーの自動ドアが開いて、小学4年生ぐらいの女の子が走り出てきた。「わー」と言いながら両手を広げて犬に近づいたので、飼い主かと思ったら違った。「かわいい〜」と頭を撫でている。

本当にかわいい。ちょこんとお座りして、目をクルンと回して。いたいけで、悲しげで。

こういう小型犬は飼い主に忠実で飼い主を頼り切ってる。そういうところが私が犬を飼えなかった理由でもある。頼られるのが苦手なのだ。犬にも、人にも。ある意味、孤独な人生を選んだ私……。寂しい私。

いやいや！　そんなことはない。自虐は甘えだ。犬を見てて、つい気弱に。犬の気弱さが移ったわ。

さて、後ろ髪をひかれながら私もついに腰を上げる。もっと見ていたいけど不審者に思われたらいけないからね。最後にチラッとひと目、かわいいお顔を振り返った。

気になる黒カレー。

私はカレーが大好き。どんなカレーが特に好きかというと、黒い色のカレー、タイ風グリーンカレー、ココナッツの入ったカレー、ハウスバーモントカレーみたいな家で作る箱のカレー、など。

カレーパンは、カレーが入ったパンを油で揚げているので外側がカリカリしておいしいけど、私はそれほど好きというほどではなかった。たまに食べるぐらい。

そんなある日、九州、平戸の物産展で黒カレーパンというのを見かけた。「揚げたて」と書いてある。黒い色のカレーが大好きな私は、小さなショーケースの前で立ち止まる。

……気になる。おいしそう。

で、買って食べてみたら、とてもおいしかった。カレーの色も黒くていい感じ。まわりの人においしいよ！　と私は宣伝した。

その後、2回ほど食べたら、だんだん飽きてきた。すると次に、同じところで黒カレーのお弁当を見つけた。ごはんと黒カレーとお新香みたいなのがぽっちり。買おうか、どうしようか……、迷う。でも一度は味見しないといけないかも。だって、カレーパンよりもカレーの方が好きだから。このお弁当だったら黒いカレーとごはんという好きなものだけで食べられる（お新香みたいなのは好きじゃないけど）。

で、買ってみました。家に持って帰っていそいそと食べる準備。

飲み物を用意して、座って、落ち着いて。

黒カレーはカレーパンの中に入ってたカレーと同じ味だった。おいしく食べたけど、もういいかな。黒カレーの黒い色は何の色なのだろう？

お惣菜売り場を見てインスピレーションをもらうこともある。魚売り場の片すみに、煮魚やスパゲティなどのお惣菜が売られている場所があって、私はそこを通る時いつも、一応チラと見る。このあいだ、ホタルイカとトマトとブロッコリーのスパゲティがあった。とてもおいしそうだった。ちょうどホタルイカの季節だった。ボイルしたホタルイカも別の場所で売ってたけどそれよりもこっちの方がおいしそう。その前を何度も通り、何度も見て、ホタルイカがくたっとなって塩味が染みた感じがやけにおいしそうで気になり、今日はこれとまったく同じ、ホタルイカとトマトとブロッコリーのスパゲティにしようと決めた。同じ大きさ（小さめ）にブロッコリーを裂こう。

家で作ったらとてもおいしくできた。お惣菜からインスピレーション。ありがとう。そこの係の人。それ以降も、通るたびに眺める。が、あれほどのインスピレーションを、その後はもらっていない。魚のフライやフライドポテトは冷めていておいしくなさそうだ。茶色い揚げ物ばかりがしぼんで並んでる。どうしたんだろう、係の人。あの時

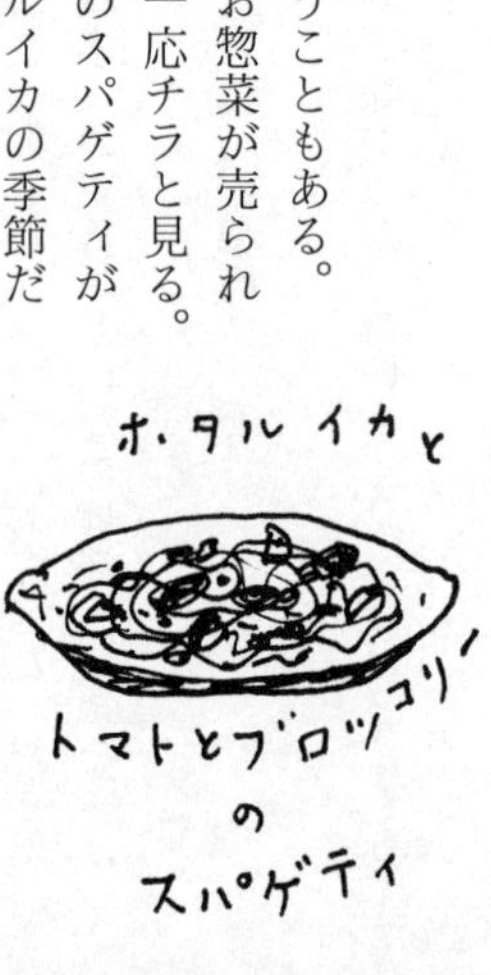

が特別、冴えてたのか。

親子どんぶり。

私は親子どんぶりも大好き。好きなものはなんですか？　と聞かれたら、私は、「チキンライスと、カレーと、親子どんぶりです」と答えたいぐらい好き。

好きと言っても、どんなものでもいいわけではない。好きなチキンライスと好きなカレーと好きな親子どんぶりがある。自分で作る方がおいしいと思うことが多い。自作のものはだいたい3位ぐらいかも。なので時々、自分の好きな味のそれらを時間をかけて丁寧に作る。

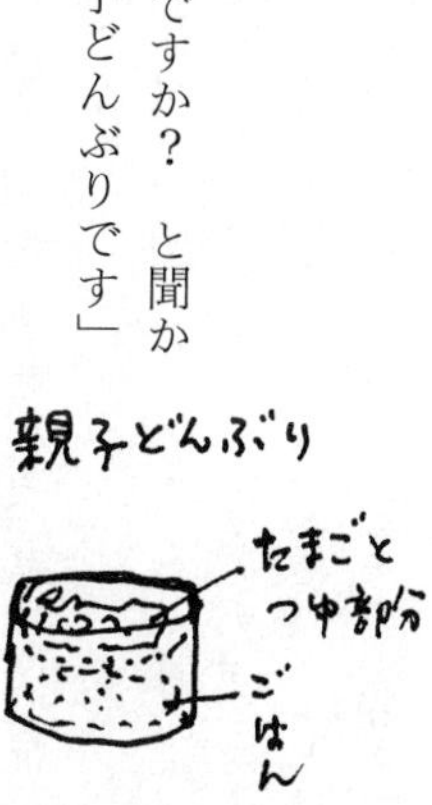

そんな私が最近おいしいと思ったのが、何とか鶏という鶏屋さんがお昼に作ってるランチのお弁当の親子どんぶりだ。それは玉子部分とご飯が上下に分かれて容器に入っている。玉子部分は一見かなりのつゆだくに見える。つゆがゆるゆるで、玉子もゆるゆる。

が、買って帰って温めて、ごはんの上にかけるとちょうどよくなる。やわらかい鶏肉、ふわふわした玉子。今のところまだ飽きてない。

お弁当売り場の台の上にそれを見つけると、今日のお昼は自分で作ろうと思っていた気持ちがゆらぎ、つい買ってしまう。今までに3回ほど買いました。


パン好きの人の本当の気持ちを、私はわかっているだろうか。

曜日で変わるパン屋さんが週に1回ずつレジ横のコーナーに出店している。ふわふわした食パンだけを売ってるお店、ベーグル屋さん、パイやフルーツタルトのお店、天然酵母パン屋など。どのお店のパンも一度は買ってみた。いろいろトライしてきたが、私はパンはそれほど好きじゃないのかもしれないなあと思う。

このお店のこのパンが好き、というのはある。ジョアンの明太フランスにはしばらくはまった。バタークリームが挟まってるのもたまに食べたくなる。ドイツパン屋のチョコレートと生クリームの挟まってるパンも好きだった。カリッとトーストした食パンにバターとはちみつを塗って食べるのも好き。とけるチーズと海苔をのせたのも好き。でもその「好き」は、どうしても食べたくなるほどの好きではない。なくても困らない。

パン好きの人は、あの小麦の味が好きなんじゃないのかな。小麦独特の風味が好きな人。焼きあがったパンを割いた時、中の空気の穴から立ちのぼる香りに幸せを感じる人。パン好きの人は、なんか私にはわからないものを捉えているなと感じることがある。

パンといえば思い出した。私が昔から好きなサンドイッチのパンがある。それは昔のホテルでよく出てきたサンドイッチで、四角くて薄い白い食パンにマヨネーズと辛子が塗ってあってきゅうりやハム、チーズが挟まれている。そのパンの匂い。独特の。その匂いが大好き。ホテル以外には、新幹線みたいな乗り物のサンドイッチにも昔、感じたことがあった。その匂いのするパンを使ったサンドイッチを今はもうほとんど見かけない。冷たくひんやりしていて、ほのかに辛子の味がして……。たまにどこかで出会った時には「これだ」と思う。またあのサンドイッチを食べてみたいなあ。

薄くて　ひんやりしていて
いい匂い
発酵の匂い？

人と人とは、お互いの共通点が土台になって共通の価値観が生まれるので、そこで話が合う。同じ町に住んでいること、同じクラス、仕事仲間、共通の趣味、スポーツ、ママ友、習い事、病気、トラブル、共通の敵を持つ同士、など。そういう要素がたくさんある時は自然と仲間も多くなる。

私も子育てや仕事、趣味の習い事などで社会と頻繁に接していた時は、その種類ごとに友人がいた。でも数年前に、本当に好きなことだけをしようと決めて、行動を変えたら、まったくだれとも合わなくなってしまった。

大人になって、仕事や生き方がはっきりしてくると、だれでも気の合う人の数は限られてくるものだ。まわりの人みんなと話を合わせるのは疲れる。私生活では本当に気の合う人とだけつきあっていきたいと思うだろう。

私と似た経験をしている人の数は少ない。ある点では似ていても、ある点では違うので、同じ土台に立った感想を言えない。誠実に、正確に、思いを表そうとすればするほど、違いを意識するばかりで、結果、どの人とも距離をおいてつきあうことになる。

でも、どう考えてもそれしかない。そうすることしかできない。なので私もいろいろ考えてみるけど、今の自分はこの自分しかないのだなと、これもまたスーパーマーケットの棚の間をゆっくり歩きながら、思いに沈むのです。

落ち込むことがあって気持ちが沈んでいた。そんな時でもお腹が空く。

トボトボと歩いて買い物に行った。

人って、調子がよくて勢いづいている時は気が大きくなってまわりも見ない。でも気が沈んでいる時は心が小さくなってて、震える枯れ葉のよう。

今日の私は枯れ葉状態。かすかな風にも吹き飛ばされそう……。

エレベーターから降りると、前を見慣れた青い上っ張りのおじちゃんが歩いて行く。頭に布の帽子。ここからは見えないけど貝のくるみボタンがついているはず。貝売り場のおじちゃんだ！

そうだ、今日はあさりのお味噌汁でも作ろう。長らく足を向けていなかった貝売り場へと向かう。おじちゃんはすでに到着してた。

「らっしゃい」

私はあさりを眺める。小、中、大、特大と横に並んでる。「おいしいよ」と大きいのを指さすおじちゃん。

「お味噌汁用に小さいのをひとついただきます」

私はいちばん少量のをお願いした。そして、「大きいの、今度買って酒蒸しにします」と言ってみる。「熊本産のあさり、大きいですね」とも言ってみた。

おじちゃんの返事とはどれもいまひとつかみ合わなかったが、「ありがとうございます」と丁寧に頭を下げて貝を受け取った。

それから銀だら西京漬けともずくなど、最小限のものをカゴに入れて、レジへ。

あの機械的に話す女性だった。今日は休日でにぎわっているわりにレジは混んでいなかった。後ろにお客さんがいないので、丁寧なレジの女性の声に私も丁寧に心をこめて答える。いつになく感情を入れて、顔も見て。すると機械的な女性もそれに気づいたようで、ちょっと人間っぽく応えてくれた。最後には両手を揃えて頭を下げてくれもした。わずかに心が通い合ったような気がした。

貝売り場のおじちゃんが隣のレジで買い物していたので、興味を惹かれて、何を買ってるのか見たら、カップアイス2個だった。休憩で、だれかと食べるのかな？

帰りのエレベーターでも、まわりの人々のことをやさしく眺めた。号泣している男の子、うんざりしているようなお母さん。

いつもは鎧《よろい》を着ているようにガードしてる私だけど、今日はどの人にも心を配った。マンションのエレベーターで同乗したおじさんにも挨拶した。

挨拶はされるとうれしいものだ。

日替わりパン売り場に、おいしそうなお菓子パンが並んでる。わあ、と思ったけど、今日は買わない予定。なのでじっくりとは見ないで、通り過ぎる時にチラッとだけ眺めた。

細長いコッペパンのようなパンから白いクリームが見えている。生クリームの甘いパンかな。丸くふくらんだシュークリームのようなパンもあった。外側に砕いたナッツが散らばってくっついている。パンというのは見た目がかわいいな、と思った。

向かいには餃子。隣町から出張販売。いつも見るお店なので私はスルー。その隣には明太子やイカの珍味など。これも買わない。

買わないけど、あるとにぎわいが感じられるのでうれしい。

いろんなお店を見て回るために通路をSの字に通って歩く。

レジに行ったら、たまにいる若い男の子だった。20代前半か。うちの子と同じくらいかも。慣れてなくて、いつもとても緊張している。品物をバーコードにかざす時も力余って、2度波を

描くようにグイグイと上下している。私も緊張しながら見守る。

親子どんぶりのお弁当が2個あったから、お昼用に買って帰ろうと思って、一周買い物して戻ったら、2個とも売れていた。

残念。ステーキ丼はたくさん残っている。チヂミもカレーもある。けど、親子どんぶりはない。

どうしよう。家にご飯があったから、おかずだけ買おうか。

すぐ前のお惣菜売り場に移動した。いろいろ並んでる。端からじっと見て、私は大根と鶏肉の煮物とフキと油揚げの煮物がいいと思った。お醤油味の薄味の煮物が好きだから。それにしようかカレーにしようかと最後まで迷って、煮物にした。

家に帰ってご飯と食べたらおいしかった。温めずに。私は温めずに食べるのもわりと好きだ。

ある日。催事場をのぞくと、鯖棒寿司というのがあった。試食させてくれたのでひと口いただく。うーん。まあまあ。

隣にはトロトロ肉の弁当屋。小さなきゅうりに肉みそがのってるのを試食した。肉みそはあまり好きじゃない。

ピロシキ屋はよく見る。ピロシキが丸くはちきれんばかりに揚げられて並んでいる。お腹のふくらんだたぬきの置き物のようだ。

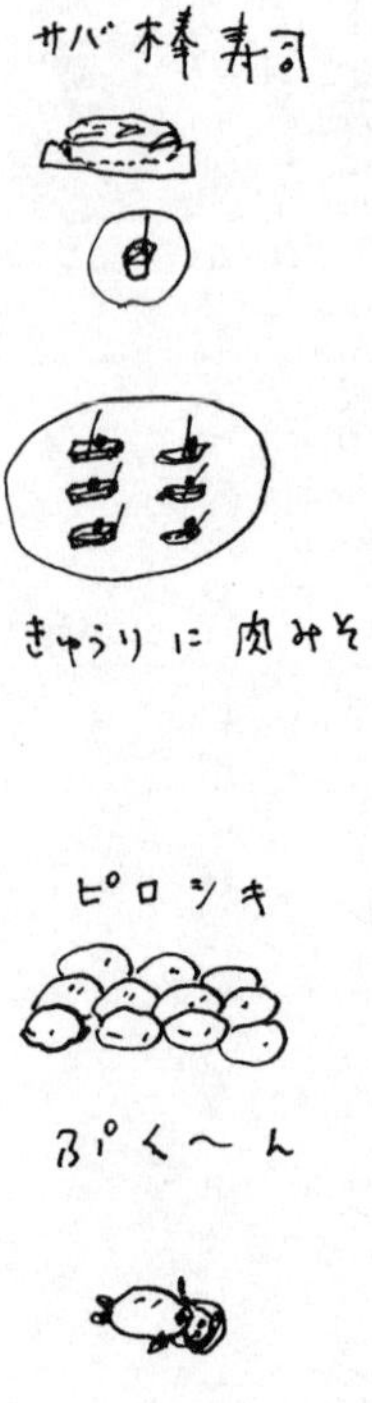

普段はあまり行かない先の方に進むと、たい焼き屋がなくなっていて、代わりにめずらしいデザート屋さんがあった。10日間の限定販売のようだ。牛乳を凍らせたデザートで、上にフルーツがのってる。値段はとても高い。ぶどうので1200円。でも人気のお店なのだそう。お客さんがひとり、買ってる。

ひとりしか買ってない。

エレベーターに乗って地下2階へ。途中からベビーカーを押した女性が入って来た。ベビーカーには3歳ぐらいの男の子。

「おばけこわい」と言いながら、手に持った細長いチョコを食べている。

「おばけこわい？」とお母さんが聞き返した。

一緒に地下2階で降りる。

今日は土曜日で、若い夫婦や見慣れぬ人が多い。ちょっとにぎわっていてうれしい。

ここの通路は広くて買い物がしやすい。エスカレーター脇なんか道幅3メートル、エスカレーター前なんか、ちょっとしたミニライブでもできそうな広さだ。

品ぞろえが悪くても、新鮮さに欠けても、パッとしたものがなくても、このスーパーが私は大好き。とても落ち着いて買い物ができるから。こんなにゆったりとした落ち着くスーパーは見たことがない。いきいき感があって、お買い得で、売れてて、人でごった返していたらこのよさはなくなる。

「品ぞろえのよさ」と「落ち着き」のどちらか選べと言われたら、私は「落ち着き」を選ぶ。

日本酒の専門店ができていた。大変にオシャレな雰囲気だ。カウンターで試飲もできる。はしっこに位置していて、人がいつもいなくて、もし日本酒が好きだったらいい店だが、私は日本酒を近ごろ飲まない。

お茶の専門店では、お団子も販売している。小さくて薄い炭入りクッキーもある。一度だけそこでほうじ茶アイスを食べた。お団子も一度だけ買った。そこどまりだった。

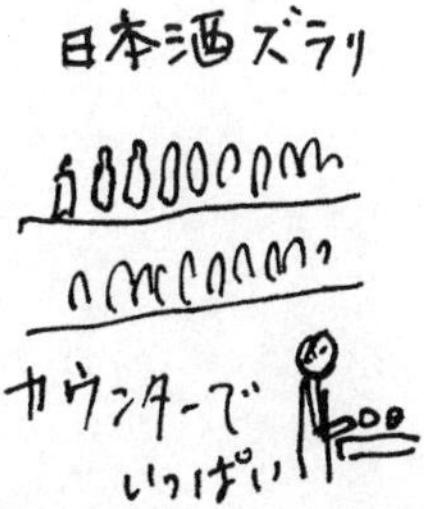

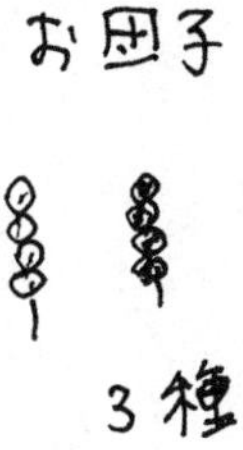

和菓子売り場は改装後に10分の1ぐらいの面積になってしまい、毎日のように今日の季節のお菓子は何かなと見に行っていた私は悲しかった。でも小さくなったその場所で、秋の日替わり栗菓子フェアをやっていた。1日目は小布施堂のモンブラン。60点限り。1600円もするのが完売してた。

いろんなお菓子がある。

いろんなおかずも。

週替わりの即売場ではみんな一生懸命に販売している。でも立ち止まるお客さんは少ない。もしかすると昼間はにぎわっていたかもしれないと思ってみる。

ここができたころの20年以上前よりもお客さんが少なくなって、どこも大変そうだけど、人が少なくなるのはしょうがない。自然の流れだ。新しいところに人は流れていくものだし。それでもみんな頑張っている。

頑張って、結果が伴わなければ、それもしょうがない。売るしかない。働くしかない。やることをやるしかない。

このスーパーがなくなったら、私は別のスーパーに行くだろう。不便でも。しょうがないから。そこでまたその日の食料を調達するだろう。宅配を頼むかもしれない。どうなっても人はそこで、できることをやるだけだ。

でも今はまだここがある。慣れ親しんだここが。

今日はお好み焼き。

買うものを紙にメモして買いに行く。

山芋、ソース（ドロドロ）、玉子、焼きそば2玉、キャベツ、もやし、イカ、豚バラ、青のり、薄力粉、紅ショウガ。

魚売り場にお店の人がいない。イカのわたを取ってもらいたい。キョロキョロしてたら、貝売り場のおじちゃんが声をかけてくれた。

「イカを捌《さば》いてほしいのですが」

と言うと、離れたところにいた魚売り場の人を呼んでくれた。担当の若い男の人は愛想がなくちょっと冷たい感じの人だった。

「イカの皮を剝いてわたを取ってください」

とお願いする。

「できるまでちょっと回ってきます」

と声をかけて野菜売り場に向かう。

「はい」

と、その反応もちょっと冷たかった。

しばらくしてから魚売り場に戻った。人はいなくて、はかりの上に、剝いたイカがトレイに入ってラップに巻かれてた。これだ。

しばらく立ってたら、さっきの若い男の人が来て、「できてますよ」と渡してくれた。やさしくはなかった。けど別にいいやと私は思う。こういう人もいる。いろんな人がいる。


今日のレジの人はいい人だった。

私がワインのボトルを、大1、小1、入れてたら、「今日、ワインを買い占める人がいるんじゃないかと思ってましたけど、こういうこともあるんですね」と意味不明なことを言う。「はあ……」とにこやかに微笑みながらやり過ごす。ちゃんとした意味があったのだと思うけど、私にはわからなかった。よく聞き取れなかったので。でも、その女性はいい人だったので最後まで丁寧に対応した。

なんか……、人って、怖いような、悲しいような、近づいても、離れても、やさしい人、よくわからない人、みんなさまざま。

時に猜疑《さいぎ》心《しん》に襲われて、むやみに心を閉ざすこともあるけど、たまにいい人に出会うと、ものすごくホッとする。この世も捨てたものじゃないと思う。

外は台風。

すごい嵐。

飛ばされそう。

なのに、ひどい風から逃げるようにエレベーターにすべり込み、ボタンを押し、地下2階の扉が開くと、そこは静かな別世界。ここは常に同じ照明、一定の温度。風もなく、外の明るさも、時間もわからない。SF映画の中に入り込んだよう。

シェルターのよう。

深い海の底のようなこの売り場を、私は今日もゆっくりと歩く。広々とした通路、見慣れた棚、かわり映えのない商品、いつもの売り子さん、時代に取り残されたような静けさ。さまざまな世代の人々、かすかなざわめき。

どれもとても落ち着く。

全体が、海水のように私を包み、商品は海藻のように整然と並ぶ。

スーパーマーケットに置かれたこれらの商品の中身は、ひとつひとつが長い旅をしてここまで来た。ここから遠い遠いところ。たとえば、南アメリカ、アフリカ、北欧、名も知らぬ島からも来ているかもしれない。

世界中のあちこちから、世界中の人々の手をつたって、こんなところまで。

私はゆっくりと棚のあいだを歩く。

どの商品も世界のさまざまな場所とつながっている。ここまでくるあいだにはそれぞれのドラマがあっただろう。その途中、取り巻く人に悲しいこともあっただろう。うれしいこともあっただろう。そんな背景を背負いつつ、きれいに包装されてここに並ぶ。

ここからそこへ、つながった透明な線が音もなくのびている。無数に。

私は歩きながら、今日もさまざまなことを考える。

スーパーマーケットでは人生を考えさせられる。

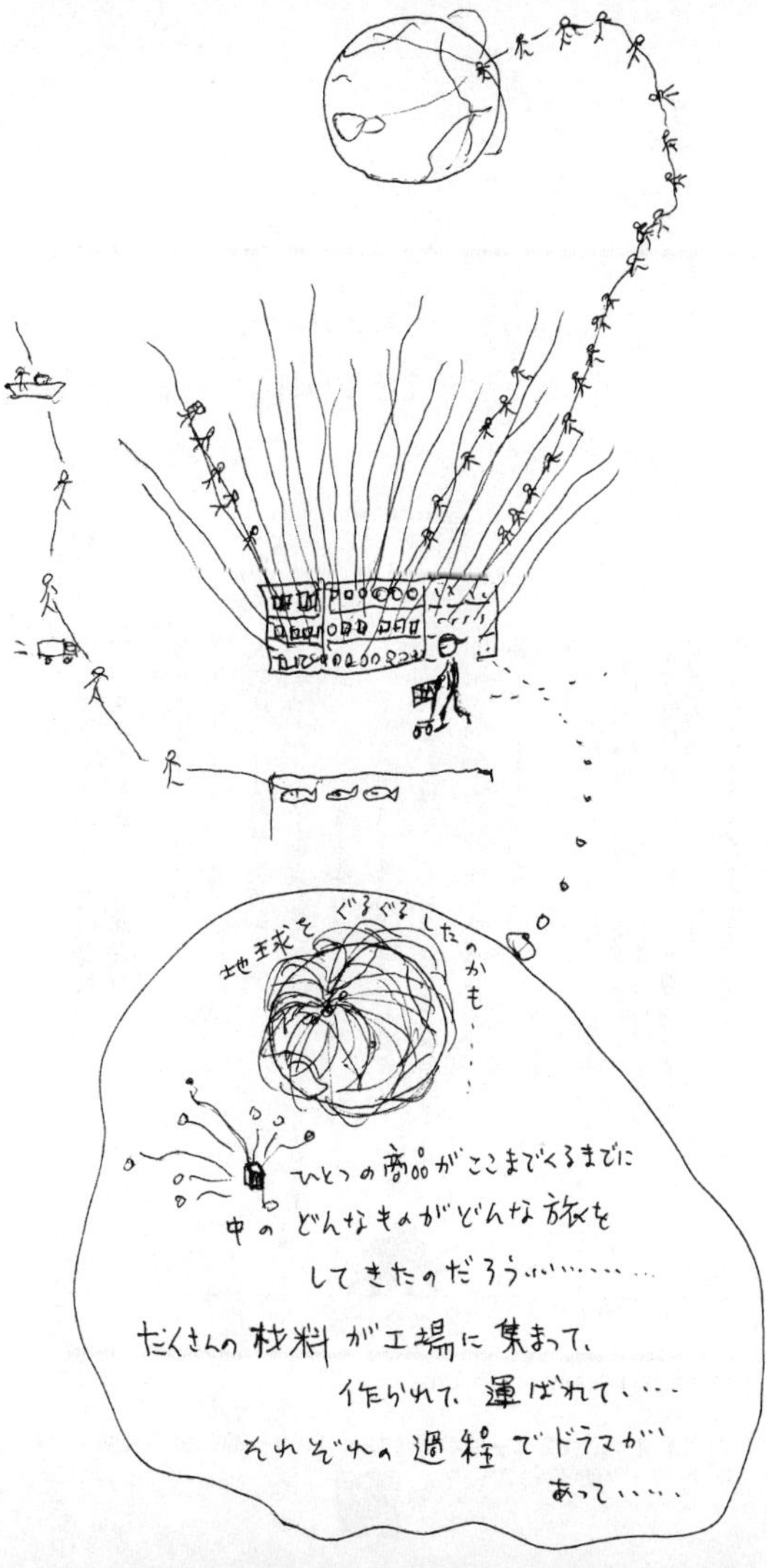
地球をぐるぐるしたのかも…
ひとつの商品がここまでくるまでに
中の どんなものがどんな旅を
してきたのだろう……
たくさんの材料が工場に集まって、
作られて、運ばれて、…
それぞれの過程でドラマが
あって……

スーパーマーケットでは人生《じんせい》を考《かんが》えさせられる

銀色夏生《ぎんいろなつを》

令和2年2月10日　初版発行
令和4年7月20日　5版発行

発行人――石原正康
編集人――高部真人
発行所――株式会社幻冬舎
〒151-0051東京都渋谷区千駄ヶ谷4-9-7
電話　03(5411)6222(営業)
　　　03(5411)6211(編集)
公式HP　https://www.gentosha.co.jp/
印刷・製本―図書印刷株式会社
装丁者――高橋雅之

幻冬舎文庫

ISBN978-4-344-42946-8　C0195　き-3-21

この本に関するご意見・ご感想は、下記アンケートフォームからお寄せください。
https://www.gentosha.co.jp/e/